책기둥

책기둥

문보영 시집

민음의 시 242

민음사

콘페니우르겐의 임신 기간은
사십 년으로
지구에서 가장 길다 그런데
콘페니우르겐의 평균수명이
이십칠 년인 것은
하나의 수수께끼다

2017년 겨울
문보영

차 례

1부

오리털파카신

신이 거대한 오리털 파카를 입고 있다 인간은 오리털 파카에 갇힌 무수한 오리털들, 이라고 시인은 쓴다 이따금 오리털이 삐져나오면 신은 삐져나온 오리털을 무신경하게 뽑아 버린다 사람들은 그것을 죽음이라고 말한다 오리털 하나가 뽑혔다 그 사람이 죽었다 오리털 하나가 뽑혔다 그 사람이 세상을 떴다 오리털 하나가 뽑혔다 그 사람의 숨통이 끊겼다 오리털 하나가 뽑혔다 그 사람이 사라졌다

죽음 이후에는 천국도 지옥도 없으며 천사와 악마도 없고 단지 한 가닥의 오리털이 허공에서 미묘하게 흔들리다 바닥에 내려앉는다, 고 시인은 썼다

입장모독

신은 부하들을 시켜, 세계에 입장하는 이들에게 수고비 대신 코스트코 빵을 나눠 주었다 사람들이 태어났다 빵을 받지 못한 사람들은 어리둥절했다 우리는 모여 골똘히 생각했다 왜 우리들은 빵을 받지 못한 걸까?

1) 옷이 한 벌밖에 없었다 목둘레가 해진 런닝구만 걸치고 아랫도리 없이 입장하려 들었다

2) 영국식 파이프 담배 모양의 영혼을 소망하는 것으로 신성모독을 했다

3) 성당 의자에 너무 오래 앉아 있는 여자를 보며 그 모습이 상처 난 부위에 딱지 지는 것과 비슷하다고 생각했다

4) 매일매일 신나는 꿈을 꾸었고 그래서 꿈과 현실을 바꿔치기하고 싶었다

5) 신을 보며 저 사람은 소화기관에 작은 문제가 있는 게 아닐까, 의심했다

6) 제대로 된 사람, 이라는 개념을 잘 이해하지 못했다

7) 그래서 학교를 잘 나가지 않았다

8) 세상의 모든 도서관이 불에 탔을 때 구하고 싶은 책이 없으면 좋겠다고 생각했다

9) 책을 너무 많이 읽었다

10) 그래서 희망을 무서워했다

11) 그래서 미친 개가 자꾸 쫓아왔다

12) 그래서 뛰어, 뛰어, 뛰어다녔다

우리가 빵을 기다리고 있다

"_____*"

1

카프카의 『소송』에는 사실 "_____*"라는 문장이
있다 그 문장을 본 사람은 나밖에 없으며 *표를 따라 작품
의 맨 뒷면을 살폈지만 각주에 대한 해설은 없다 그렇다면
"_____*"는 카프카의 문장인가, 카프카가 친구의 문
장을 인용한 것인가 아니면 내가 쓴 문장을 카프카가 인용
한 것인가 "_____*"가 나의 눈에만 보이는 마당에 누
가 카프카를 도울 수 있을까

2

"_____*"에 관한 해답을 얻은 것은
내 머릿속 카프카의 어린 시절에서다
아이였을 때 카프카는
통화하는 사람은 눈이 보이지 않는다고 생각했다
통화하는 엄마는
냉장고 위에 올라가 코브라처럼 앉아 있는
작은 카프카를 나무라지 않았고

16

눈여겨보지도 않았을뿐더러
사람이라고 생각하지도 않는 듯했다
사람은 한 번에 하나의 공간밖에는
인식할 수 없으며 모든 괴로움은
여기서 시작하기 때문이다

                              3

냉장고 위의 코브라는 멀리 있는 나뭇가지를 굽어본다

                              4

  그 후 카프카의 인생에서 "_____*"는 되풀이된다
  나는 어제 잠을 설쳤어, 라는 카프카의 불평에 그의 애
인은 "노"라고 대답한다 누가 날 죽이려 해요, 라는 카프카
의 주장에 카프카가 아닌 자들이 "노"라고 입을 맞춘다 오
늘은 봄, 여름, 가을, 겨울 중 하나입니다, 라는 카프카의
의견에 후대의 독자들이 입을 모아 "노"라고 대답한다

5

결국 카프카가 "_____*"를 쓴 경위는 다음과 같다

6

나는 카프카의 머릿속 냉장고 위에 앉아 있다 발 아래,
조용한 카프카처럼 무서운 것이 나타날 때면
다음 문장을 반복한다
멀리서 봤을 때 지구가 마침표라면 얼른
다음 문장을 써라
냉장고 위에 사는 코브라는 아주 고요하며 눈이 멀어
있다

벽

벽을 앓는 모든 것은 집이 된다. 벽에 중독된 모든 것은 벽이 된다. 누구나 벽으로 태어나 벽으로 살다가 벽으로 죽듯 벽은 반복되고 벽은 난데없다. "꽃이 펴도 당신을 잊은 적 없습니다." 이런 문장은 위로조로 읽어야 할까 공포조로 읽어야 할까. 벽은 쓰러진 측백나무와 대답 없는 편지를 좋아해. 아니, 쓰러진 측백나무와 대답 없는 편지를 좋아하는 것은 벽. 벽을 뚫으면 벽이 딸려 나오고. 세상 모든 문장의 종지부와 벽은 또 어떻게 다를까? 봄이 개과천선한들 봄은 봄이듯 멀리 있는 모든 것은 벽. 하나의 벽은 다른 벽을 해명하는 데 일생을 걸지만. 벽에는 아무것도 쓰여 있지 않고. 아니, 아무것도 쓰여 있지 않은 것은 벽. 벽은 의도가 없고. 벽은 간이 붓고 싶고. 벽은 늘 위독해. 벽은 믿을 수 있는 만큼 아프고 믿을 수 있는 만큼 헤어진다. 벽은 언제나 넘치거나 모자라다. 벽이 벽을 실토하는 사이 벽은 어디로 갔나? 벽은 벽을 벗어도 벽이 되었다.

불면

누워서 나는 내 옆얼굴을 바라보고 있다
내 옆의 새벽 2시는 회색 담요를 말고 먼저 잠들었다

이불 밖으로 살짝 나온 내 발이
다른 이의 발이었으면 좋겠다

애인은 내 죽음 앞에서도 참 건강했는데

나는 내 옆얼굴에 기대서 잠을 청한다
옆얼굴을 베고 잠을 잔다 꿈속에서도 수년에 걸쳐 감기
에 걸렸지만
나는 여전히 내 발바닥 위에 서 있었다 발바닥을 꾹 누
르며
그만큼의 바닥 위에서 가로등처럼 휘어지며

이불을 덮어도 집요하게 밝아 오는 아침이 있어서

부탄가스를 흡입하듯
옆모습이 누군가의 옆모습을 빨아들이다가

여전히

누군가 죽었다

잘 깎아 놓은 사과처럼 정갈하게

모자

모자를 쓰면 그것이 떠오르고 모자를 벗으면 그것에서 벗어난다 생각이 모자에서 시작하고 모자가 끝나면 생각이 부족해진다 모자를 벗자 궁금하고 모자를 쓰자 잊고 싶다 모자 속에 큰 땅이 있다 큰 땅을 울리며 몰려다니는 소 떼가 있다 생각을 벗고 싶다 모자를 쓰자 생각이 머리 위에서 진을 친다 누군가 모자를 보고 저자는 머리 위에 죽은 집을 얹고 다닌다고 과장한다 이것은 죽은 집이 아니고 죽은 생각이다, 라는 말은 어딘가 생각을 덜한 문장이다 모자를 벗자 그것이 가던 길을 멈추고 돌아본다 모자는 멈추게 한다 모자를 쓴다고 모자를 극복하는 것은 아니다 모자에 실패한 생각은 운다 너무 울고 있으므로 이와는 대조되는 이미지가 필요하다 다시 모자를 가져온다 운적 없지만 태어날 때부터 뚝 그친 모자다 모자를 보고 저자는 머리 위에 큰 땅을 얹고 다닌다고 누군가 외친다 큰 땅 위의 큰 소 떼의 큰 먼지는 보지 못한다 모자를 쓴다 나타난다 어둡고 큰 땅 그것은 모자가 아는 만큼의 세계다 모자의 슬픔은 테두리가 있으므로 더 커지지 못한다 모자는 그것을 이해하지 않는다 이해하지 않은 채 슬퍼하고 있다 그 슬픔은 반으로 잘리지 못한 나무젓가락의 슬픔과

유형이 같다, 는 생각은 생각을 덜한 생각이다 모자를 가져온다 모자를 멈춘다 모자를 쓴 만큼 모자를 이해한다고 믿는다 그것이 슬픔이 되려면 더 많은 성의가 필요했습니다 모자가 말하고 모자가 믿는다 모자를 쓴다 흉진 곳에 딱지가 정착하듯 모자를 쓴다 모자를 쓴다고 새살이 돋는 것은 아니며 그렇게까지 읽어야 할 생각 같은 건 없습니다, 모자가 경고하고 모자가 잊는다 큰 땅 위를 무차별적으로 달려 나가다 땅끝에서 떨어져 죽는 소 떼를 보면 그것을 알 수 있습니다 모자는 말은 이렇게 하고 실제로는 다르게 살아간다 나를 압니까? 모자가 비명을 지른다 모자가 왼쪽 어깨로 조금 기운다 모자를 조금 안다고 자신한다

그림책의 두 가지 색

이 그림책은 가로가 긴 판형이며 두 가지 색으로만 구성된다 색1과 색2는 똑같이 중요하지 않으며 그것만이 독자의 궁금증을 자아낸다

왼쪽 페이지에서 인물이 죽으면 오른쪽 페이지가 그것을 거절한다 그림책에는 두 가지 색만이 존재하므로 그림자에 색을 입히는 일은 사실상 불가능하다

사람이 죽었다는 사실은 서사 진행에 방해가 된다 그것은 일종의 인력난이다 그것은 사람을 살리지 못한 작가의 무능을 반영하는 동시에 사람을 살릴 의지가 없는 작가의 개성을 표현한다

그러나 한 사람의 죽음을 그리기 위해서는 두 명 이상을 살려 두어야 한다는 사실을 간과해서는 안 된다

헛간의 지붕이 약간 들린 것이 그 안에 쓰러진 인물의 죽음을 대변할 수 있을까? 두 가지 색의 물감밖에 없다는, 작가의 전형적인 물질적 궁핍이 불성실한 죽음을 미화하고

있지는 않은가?

　죽어 가는 사람을 구하러 가는 것과 가지 않는 상황이 똑같이 중요하게 다뤄지며 그것은 독자의 궁금증을 배반한다

　서로 다른 두 가지 색은 죽음의 공간적 깊이를 표현하는 데 충분하다 *이러다 사람을 버리겠어, 이 정도면 됐다고,* 그림책의 대사는 한 페이지당 한 줄에서 두 줄이면 충분하다

　시체의 엎드린 등을 암시하는 방식에 있어서 오른쪽 페이지와 왼쪽 페이지가 의견을 달리했으므로 죽음이 지연되고 있다 결국 각자의 방식을 고수했으므로 독자는 죽은 사람이 두 명, 이라고 믿게 되며 *이것이 바로 작가의 개성이다,* 라고 말하는 어린이 문학 평론가는 모자를 거꾸로 썼다

　물감 살 돈이 없어서

시체를 그런 식으로밖에 표현하지 못했다,

는 평가는 독자들의 환상이며

열악한 물질적 결핍이 우연히 훌륭한 작품을 탄생시켰다는

찬사 또한 똑같이 중요하지 못하므로 그것만이 독자의 궁금증을 자아낸다

책장을 넘기는 것은 관 뚜껑을 여는 행위이며

관 뚜껑을 열 때마다

누워 있는 자의,

세상을 바라보는 관점이 변한다

지나가는 개가 먹은
두 귀가 본 것

거리 한복판이다 사랑하는 사람 S에게서 몹쓸 소리를 들은 Z의 두 귀가 땅바닥에 떨어졌다 지나가던 개는, 순간을 놓치지 않고 Z의 두 귀를 주워 먹었다 Z의 두 귀는 Z보다 먼저 죽어 천국에 도착했다 동시에 귀의 몸은 배 속에 남았으므로 Z는 개의 배에서 나는 소리를 평생 들어야 했다

　　　너는 아빠가 누구니?

　　　너무 삭아요

　　　정확히 어디에 사시죠?

　　　설탕 단지 좀 건네 달라니까요?

　와 같은 타인의 말은

　개의 배 속에서 나는 소리로 들렸다

　개의 배 속에서 나는 소리를 인간의 언어로 번역하면 다음과 같다

*

죽은 귀는 먼저 가서 천국을 둘러보았다

1. 천사들

지우개 가루를 뭉쳐 회색 공을 만들 듯 죽은 이의 심장
을 동글게 동글게 굴려 재활용하고 있다

2. 망원경

하나의 독립된 인격체로 분리된 귀는
눈을 감았다 떠 보려 시도한다 그러자
앞이 보인다
낡은 방의 구석
천사들이 생선 더미마냥
쌓여 있다 그들은 얼굴을
TV처럼 틀어 놓고 자고 있다
어디선가

신이 나타나 그들의 얼굴을 꺼 준다
창가에는 고개를 수그린 오래된 망원경
귀는 망원경으로 지구를 관측한다
그것은 불 꺼진 도서관 모서리에 우두커니 서 있는 자판기에 달린 반환구 모양이다

3. 교육

천국에서도 말벌의 치사 온도는 44.5°C이다 그곳에서도 삶에 필요한 기초 지식을 가르친다 귀는 받아 적는다
천국에서도,
배를 격렬하게 흔들어 대며 지독한 열기를 내뿜는 500마리의 꿀벌들에게 둘러싸인 한 마리의 말벌은 살아 나갈 희망이 거의 없다˙
거기에도
응 지금 가고 있어, 처럼 말이 안 되는 말을 하는 사람이 있으며 대낮의 거리를
헉헉거리며 활보하는 이가 있다

4. 천국

천국에서도 무기정학 당할 수 있을까

나뭇잎 한 장이 살랑거린다

귀는,
귀만큼 죽은 Z의 나머지 부분이 다 죽을 때까지
기다린다 얌전히
어디선가
마모가 진행되고 있다

5. 숟가락

생전에 무신론자였던, Z의 아버지는 죽어서도 무신론자
였다 그의 아내가 식전 기도를 한다

　　　　당신⋯ 신에게 하실 말씀이라도⋯

밥상머리에서 남편은 숟갈을 허공에 내던지며 신에게

야, 이 돌팔이야!

외친다

반동 세력은 어디에나 있어서 세상이 삐그덕 삐그덕 굴
러갔으며…

6. 행복

누군가 행복했다
균형을 맞추기 위해 다른 누군가 슬퍼지고 있었고

7. 신

잘려 나간 두 귀는 누워서 생각을 한다
신을,
본인은 꿈쩍하지 않으면서 남들만 운동시키는

나태하고 꾀바른

부동의 원동자라고 생각하면 곤란하다고

빗소리에 잠이 깨

이불을 차고

옥상에 널어 둔 빨래들을 걷으러

부리나케 달려 나가는

신은

세계를 향해 뛰어가 젖은 빨래들을

휙휙 걷었다 계단을

내려오며 런닝구 한 장을

떨어뜨린 것이 그의 유일한 죄일 뿐

*

귀 한 짝을 삼킨 개가 지나가는 한낮이었다

현재 살고 계시는 주소를 말씀해 주시겠습니까?

처럼 멍청한

바람이 거기에도 불었고

나는 약간 죽은 사람입니다,

라고 말하기 위해서는 누구든

어느 정도의 보이는 상처가 있어야 했다

• 야스토미 카즈오, 「꿀벌의 찜통(열살) 전법」, 『작은 곤충의 유쾌한 생존
전략』

공동창작의 시

젊은 시인 앙뚜안, 지말, 스트라인스는 시 강연에 참석한다 빨랫줄에 걸려 펄럭이는 티셔츠처럼
해가 하얗게 펄럭이고 있다

연단의 시인은 바닥에 크기가 제각각인 바나나를 늘어놓는다 독자들은 바나나를 하나씩 가져간다
바나나 사이에 있던 바나나가
사라지고 또 다른 바나나가
움직이고 그러자 또 다른 바나나가
종적을 감추면서
작품의 형태가 바뀌고 있다
고 연단의 시인이 주장한다
바나나만큼 참여해서 바나나만큼 풍족해진 독자와 시인이

지말, 앙뚜안, 스트라인스는 부러웠다

나도 저거 하고 싶다!

속으로 외친 후 그녀들은 공동창작을 하러 각자의 집으로 돌아간다

*

　지말은 방에 틀어박혀 독자와 게에 관한 시를 썼다

　목이 긴 독자가 오솔길을 걸어가고 있었다 갑자기 게가 나타나 길을 막았다 이 길로 가면
　게걸음을 쳐 이 길을 막고 저 길로
　가면 게걸음을 쳐 저 길을 막았다
　게걸음 쳐 막는 식으로만 시인은
　독자를 방해했다

*

　앙뚜안은
　시 쓰는 전갈에 관해 썼다
　전갈은 뭉툭하고 딱딱한 손으로 잘

잡히지 않는 연필을 쥐고 시를 쓰고 있다

꿈 안에는 늘
꿈 밖으로
유출
되고 싶은 내가 있네
…

독자가 나타나서 힐끔거렸다 전갈은
쥐고 있던 연필로 독자의 눈알을 찔렀다

꿈속의 나와 꿈 밖의 나는
컴퍼스로 그린 완벽한 두 개의
원처럼 적대적이네
뒤척이는 것은…

전갈은 목덜미가 서늘했다

독자가 새로운 눈알을 달고 와서는 그의 시를 훔쳐봤다

보지 마!
보지 말란 말이야! 독자의
눈알을 찌르고
바닥에 떨어진 몽당연필을 주워 들었다

내가 꿈에서 깨는 걸 아무도 말리지 않네…

다시 독자가 찾아왔을 때 전갈은
콱!
눈알을 찔렀다
물고기의 부레를 찌르듯 작은 숨이
터져 나왔다 찌르고
쓰고 찌르고 쓰고 찌르고
썼다
수정구에서 흘러나온 액체로 인해
문체가 축축해졌다

*

스트라인스는 지팡이를 이용해 시를 썼다 지팡이를 획
획 휘두르며 아무 생각을 안 했다
그러자 어떤 생각이 떠올랐다

에스컬레이터다
아주 긴 에스컬레이터에 탄 시인은
놀란다 그 앞에 독자가 서 있다
여기도 독자가 있다니! 지팡이가
질겁한다

누군가 그의 머리를 만지작거린다 뒤에 서 있는 독자가
숱이 빈 부분을 다른 머리칼로 덮어 주고 있다 시인의 팔
은 의지와 무관하게 앞사람의 빈 부분을 덮어 주고 있다
에스컬레이터에 탄 사람들은 모두 탈모를 겪고 있으며 앞
사람은 그 앞사람의 허전한 부위를 머리카락으로 덮어 주
고 그 앞사람은 그 앞사람의, 그 앞사람은 앞사람의 빈곤한
부분을 얼마 없는 머리칼로 덮어 주고 있다 거의 없는 것
을 거의 없는 것으로 덮는 힘으로 에스컬레이터는 작동하
고 있었으며 그래서

시 속에서도 시인은 지팡이를 떨어뜨릴 수 있었다

*

젊은 시인 지말, 앙뚜안, 스트라인스는 각자의 집에서 독자와 재밌게 놀았다 동네의 어느 골목에는 시체가 한 구 누워 있었고 날파리가 잔뜩 꼬인 시체는 죽음을 성가셔하고 있다

해는 밝았다

시체는 심장이 썩은 지 오래지만 감동하는 사람은 없었다

호신

사람 a는
세상에 존재하는 모든 책을 다 읽어 버리면
더 이상 읽을 책이 없을까 봐
책을 읽지 않았다

*

도서관도 사람 a를 도왔다

*

책『　　　』2권, 3권, 4권…
책『　　　』2권, 3권, 4권…
책『　　　』2권, 3권, 4권…
책『　　　』2권, 3권, 4권…
책『　　　』2권, 3권, 4권…

*

도서관의 모든 책이 2권부터 시작했다
시작을 막는 멋진 책이군
사람 a는 생각한다

*

도서관은 모든 책의 1권을
쇠사슬로 묶어 지하 창고에 숨겼으며
개와 바람으로 그 입구를 지키게 했다

*

도서관은 사람들로부터 자신을 보호할 수 있었고

*

책을 배불리 먹은 도서관은 조금씩 덩치가 커졌으며
사람처럼 숨을 쉬기 시작한다

2부

얼굴 큰 사람

사진관이다
단체 사진을 찍어야 했다
총 여섯 명이다

결혼은 안 했지만 이혼을 세 번 한 사람 A
목덜미에 분화구 문신을 한 사람 B
알고 보면 좋은 사람 C
우산살에 쉽게 위축되는 사람 D
숨을 참는 얼굴과 참지 않는 얼굴이 같은 사람 E
브래지어가 없는 사람 F

사진이 잘 나오기 위해
사람 A는 운동을 하고 있었고
사람 B는 숙면을 취했으며
사람 C와 사람 D는 포옹을 했고
사람 E는 긍정적인 경험을 반복적으로 떠올렸다

F도 노력을 해야 했다 그러나
브래지어가 없었다 헐렁한

하얀 면티를 입고 있었으므로
허리를 펴면 젖꼭지가 비쳤다
허리를 굽혀야 했다 고개를
숙이고 의자에 앉아 있었다

노력이란 건 브래지어 없이 불가능했다

사람 A, 사람 B, 사람 C, 사람 D, 사람 E가 다가왔다
왜 허리를 굽히고 있니
왜 허리를 펴지 못하니
도와줄까?

브래지어가 없어서 F는 고개를 들 수 없었다
고개를 숙인 채 다른 이들의 가슴을 곁눈질했다

감쪽같이 숨기고 있었다

브래지어가 어디 있다는 걸까 아무리
생각해도 그것은

F에게만 없고 모두에게 허락된 무엇이었다

사진사가 셔터를 눌렀다
허리가 굽은 F는 고개만 쑤욱 내밀었다

A B C D E F 중 얼굴이 가장 크게 나왔다

뇌와 나

애인이 떠날 때 뇌를 두고 떠났다 갈아 마실 수도 있겠다 인간의 뇌를 살펴보고 만져 본다 노랑 가발을 씌워 보고 눈을 감겨 보고 따뜻한 물에 담가 본다 손가락으로 꾹 누른다

뇌는 통증을 느끼지 않으므로 머리를 열고 수술을 받으며 환자는 베토벤 「Symphony No. 9」이나 라흐마니노프 「Prelude Op 23 No. 5」를 들을 수 있으며 외과의와 뇌의 출혈 정도와 수술 실패 가능성에 관한 긴 대화를 나눌 수도 있다 뇌는 인간다운 활동을 가능하게 하니까

뇌는 태연히 거실의 가죽 소파에 앉아 있다 그것은 난생처음 푹신한 것에 앉아 본다 콜리플라워 같은 얼굴로 창문을 바라본다

*

뇌는 마지막 기억을 반복적으로 떠올리는 경향이 있다

놀이동산

회전목마가 돌아간다

사람들이 그녀에게 손을 흔든다

그녀를 바라보는 그녀도 울타리 바깥에서 손을

흔든다 모두 괴이한 물체를 들고 있다

원통으로 된

투명 막대기 끝

손바닥이 달린

장난감

원통은 알록달록한 눈깔사탕으로 채워져 있다

손이 있으면서 손을 사서 기어이

손을 흔드는 사람들 그녀도

손을 흔드는 그녀를 향해 손을

흔든다 앞머리가 바람에

넘어가면 보이는

그녀의 이마와 이마 위의

요점 없는 주름살 하나를 그녀는

떠올린다

뇌가 고통을 느끼지 않는다는 말이 사실일까?

*

실제 본 것보다 더 많이 기억하는 것은 뇌가 지닌 유일한 결함이다 이로 인해 적지 않은 DNA들이 피해를 입는다 뇌는 어떤 메커니즘을 통해 기억을 발생시키는가 이 문제를 밝히는 일은 매우 어려운데 뇌의 신경 세포인 뉴런의 어원이 밧줄이므로 우리가 기억을 할 때 밧줄을 이용한다는 사실을 짐작할 수 있다

*

뇌는 여전히 소파 위에 앉아 있다 창문을 열자 바람이 뇌의 열기를 식힌다 미야시타 야스시는 원숭이의 뇌에 전극을 꽂고 측두엽의 반응을 관찰하고 있다 창밖으로 비가 내린다 창밖에 누군가 매달려 있다 창문은 미소를 과장하는 측면이 있지, 미야시타 야스시는 원숭이의 뇌에 전극을 넣는다

(동그라미, 네모, 별 모양을 보여 준다)

원숭이들의 반응 : 반응 없음

(사람을 보여 준다)

원숭이들의 반응 : 약간의 반응 후 소멸

(원숭이를 보여 준다)

원숭이들의 반응 : 반응 지속

그는 불공평한 관심 쏠림 현상을 연구하고 있다 원숭이
는 왜 원숭이에게만 지속적인 관심을 쏟는가 어떤 사람은
그 사실에 섭섭할 수도 있다 창문에 매달린 사람은 왜 비
오는 날에도 히죽 웃고 있을까 그는 밧줄 없이 어떻게 21층
까지 올라갈 수 있었을까 뉴런의 어원은 밧줄이므로 잊고
싶은 기억이 떠오를 땐 밧줄을 친친 감아라

*

뜨거운 여름
마당에 물을 뿌리듯
생각을 잠재우고 있다
머리로 귀를 덮은 사람
위를 덮는 하늘
을 덮지 못하는
밋밋한 구름
창문에 매달린 사람
호스 끝을 살짝 눌러 물을 세게 뽑아낸다
푸르딩딩한 물
에 맞는 화초들
밧줄 없이 창문에 매달린 사람
연필을 거꾸로 잡아
끝에 달린 작은 지우개로 뇌의 측면을 꾹
누른다 뇌는 꺼지지
않는다 뇌는
아무것도 껴안지 않고 잠든 나무

아래서 은하수같이 은은한 포자를 날리며
자는 늙은 버섯 대가리처럼
부드럽지만 단단해
누르자
몸을
움츠린다
주름 사이사이 검붉은 피가 각자의 자리를 찾아 고인다
떼자
부푼다
주름 사이로 차오른 피가 다시 스며든다

*

비스킷을 씹을 때
내가 씹는 소리는 내게만 크게 들리고 너에게는
잘 들리지 않는다
밧줄을 이용하자
내가 밧줄을 던질 테니 너는 손목에 밧줄을 묶어라
내가 씹는 소리가 너에게도 크게 들릴 것이다

서로 마주 보고 있는 두 개의 문
각각의 손잡이에 밧줄을 묶어 바람이 드나들게 하라

                    *

끊긴 부위가 많은 초록색 끈끈이
뉴런은 발 닿는 대로 뻗쳐 있다
얼마 남지 않은 초록 페인트 통을 쏟은 것 같아요
클라이스트는 대뇌 피질 기능 지도를 그리기 위해 연필
을 꽉 쥐었다
전자현미경을 꺼낸다
잘 보이지 않는 것을 50억 배 확대해 보고야 마는 마음
은 나쁜 마음이에요

뉴런의 연결 방식을 변경함으로써 기억이라는
끊기기 일보 직전의 낡은 밧줄이 하나 더 생긴다

*

나는 비닐장갑을 낀다

뇌를 두 손에 받쳐 든다

옆으로 펑퍼짐한 뇌를 꼼꼼히 살핀다

씹어 보지 않아도 질긴 놈이라는 사실을 알 수 있다

뇌는 눈을 비비거나 침을 흘리지 않지

식은땀을 흘리지도 않아

어느 곳에서 봐도 옆얼굴이어서

눈을 마주칠 수 없어

스트레스를 받으면 뇌 주름에는 피가 차오른다

주름이 굵고 선명하다

*

이것은 창문에 홀로 매달린 이의 이야기이다

입술

입술의 반을 정독하다 덮어 두었다 입술의 독파에 실패
했으므로 우리는 애인이 되었다

해산물 공판장의 축축한 바닥 혹은 인부의 고무 앞치마
에 묻은 물기 네 입술의 맛

골목의 아이들은 우르르 몰려다닌다 울 때도 우르르 울
었다 그런 소리가 나는 입술
입술을 꽉 깨물자
발바닥이 필사적으로 어두워진다

부득이하게 다시 오는 내일처럼
입술은 언제나 입술 위를 전전하고

난간에서 이불을 털다 떨어져 죽은 사람
누군가
발바닥부터 솟구쳤다
입술을 타 넘고 떨어졌다
죽은 사람은 늘 그런 모양

아무렇게나 놓인 시체의 발처럼
입술은 방향이 없고

너무 오래 침묵하면 입술이 사라진 기분으로
뜯지 않은 나무젓가락처럼 묘연해지다가

하루에도 수십 번
코 아래 입술이 있다는 게 수상해지는

쓰러진 아이

난 물 먹고 싶고

어떤 애가 쓰러져 있어요

난 물이 먹고 싶은데

어떤 애가 쓰러져 있어요

물을 먹어야 하니까

어떤 애가 쓰러졌고 나는

어떤 애를 먹어야 하는데

물이 쓰러지고 말았어요

경우에 따라 나는 물이거나 쓰러진 애인데

쓰러지더라도 그 애는 물처럼은 쓰러지지 말자고 다짐

하며

물처럼 쓰러져요

여기에 아이가 있어요

역사와 신의 손

1

남자가 읽고 있는 책은 모치즈키 료코의 『신의 손』이다 초록 고무 책상 위에 직장인 가방을 가로로 눕히고 그 위에 비스듬히 신의 손을 올려놓는다 신의 손이 잘 보이도록 각도를 조절한다 그는 문득 졸리다 그를 응시하는 또 다른 눈이 있다 다른 책상에 앉아 역사책을 읽고 있는 눈이 큰 여자다

방금 전쟁이 막을 내렸으며 그녀가 읽는 역사책이 동일한 문장을 반복한다
decision-consequence
decision-consequence
decision-consequence
그것은 역사책이지만
역사와 전쟁에 관한 이야기만을 한다 방금
세상이 끝났으므로 남은 것은 얼룩 제거제뿐이라는,
역사가가 하지 않은 말을 읽을 수 있다 세상이
끝났으나 사람들은 여전히 강한 재료에 대한 열망을 멈

출 수 없었으므로

　모든 책의 제목은 신의 손, 이 되어 버렸고 그들은 도서
관으로 향한다

　역사와 전쟁 그리고 얼룩 제거제에 관한 책을 읽던
　남자는 문득
　졸았으며
　졸았기 때문은 아니지만
　신의 손을 놓쳤다 그는
　분명 두 손으로 책을 잡고 있었지만
　신의 손을 두 손으로 잡은 사람은 남들보다 더 빨리 피
로를 느끼기 마련이므로

2

　도서관은 언제나
　오후 1시거나 오후 3시이며
　오후 1시와 오후 3시답게
　진정성이 없다

3

법정 공휴일처럼
존재하지 않는
이들만이
도서관으로
흘러 들어오므로

4

당신이 이 세상에 아는 사람은 늘 두 명이다
엔젤라 로자 그리고
로자
당신은 엔젤라 로자를 로자보다 먼저
알았으므로
로자의 이름을 부르기 위해선 먼저
엔젤라 로자를 떠올린 뒤 철자에서 엔젤라를 빼야 한다
그러므로

로자는 늘 엔젤라 로자보다 길고 까다로우며 얼룩이 많은 인물로 다가온다

5

로자를 찾는 사람들은 책에서만 그녀를 찾지만 로자는 현실에 없으므로 역사에 존재한다 당신은

책에 도대체 몇 쌍의 decision-consequence가 존재하는지 그 수를 헤아린다

그 수는 책 속에서 죽임을 당한 인물의 수와 일치하며

따라서 decision-consequence의 수를 헤아리는 것은 슈퍼마켓에서

몇 통의 얼룩 제거제를 카트에 담아야 하는지

계산할 때 보탬이 된다

6

사람들이 책을 읽는다

휴가 중인 사람이 휴가 중인 사람에게 전화를 건다

7

수도 없이

8

신의 손을 놓친
남자는,
신의 손을 편 채 뒤집어 가방 위에 올려놓았으므로
신이 두 손으로 자신의 얼굴을 감싸는
모양의 책은 누구에게나 공유될 수 있다
돌아왔을 때,
읽던 부분부터 다시 읽는 것이
가능하다고 생각하며
남자는
일어선다
가로로 긴 검정 가방에 달린
두 개의 주머니 중

지퍼가 고장 나

닫힐 수가 없는

왼쪽 주머니에서

별 모양 치즈 과자 봉지를 꺼낸 뒤

도서관을

나서는 것이다

도로

날마다 눈을 뜬다 착실하게
악몽을 꾸었다

빈 골목에 실편백나무 한 주를 꽂자
골목이 편협해진다

내가 협소해 눈을 떠 본다

질주하고 싶어
등을 떼어 내기 위해

탁 트인 도로를 달리면
온몸을 이실직고하는 기분이 들 거야
눈을 아주 크게 뜨면 정면 대신 내 등이 보일 거야

나의 등이 마치 나의 이변인 것처럼

달릴수록 등은 강렬해지므로
눈을 질끈 뜬다

눈을 아주 크게 뜨면 무엇과도 눈을 마주치지 않을 수 있으니까

빨리 달릴수록 나의 등이 나를 바싹 따라잡고

멈추자
등이 먼저 주저앉고
나는 사라진다

삼각형 외부의 점은 처치 곤란했다

그것은 태어남 자체가 부주의했으므로

사람 a는 창밖으로 쓰레기를 던졌다

가능한 한 멀리 던졌지만 쓰레기는 되돌아왔다

외부의 점이 허기를 느꼈다

점이 공복을 느끼는 게 가능할까

점은 지능이 없는데 어떻게 비명을 지르고 있을까

사람 a는 냄새나는 쓰레기를 창밖으로 던져 내부에 있던

것을 외부로 바꾸었다

점이 아파한다

삼각형 바깥에 의외의 점을 찍는다

무고한 점의 바보 같은 질문

누가 나를 찍어 놓고 자세히 관찰하고 있다는

놀랍고 음산한 점이 어떤 공간을 의식하고 있는

파리의 가능한 여름

영화 「부정확한 뱀」은 뱀이 튀어나올 때마다 팔짝팔짝
뛰어 대는 세 인물에 관한 영화다
한 명이 뛰면 어둠 속에서 한 명이 뛰어나와
뛰고 다른 어둠에서 또 하나가 뛰어나와
굽혔던 무릎을 피며 뛰는
뛰고 뛰고 뛰는
뱀 때문에 깜짝
깜짝 놀라는 세 명의 이야기

어린 시인 앙뚜안, 지말 그리고 스트라인스는 「부정확한
뱀」을 본 후 집으로 향한다
대낮의 여름
바닥에 한번 들러붙은 껌 딱지가 한결같이 붙어 있는

앙뚜안 집에 가서 뭐 할 거야?
지말   아이스크림을 먹고 시작 노트를 좀 *끄*적여볼
       까 해
앙뚜안 (벌러덩 뒤로 나자빠지며) 촌스럽게 시작 노트가 있
       다니!

스트라인스 (들고 있던 지팡이를 휘두르며) 나도 시작 노트
    있는데! 쓸데없는 걸 쓰는

한 마리의 파리는,
앵무 깃이 단순 솔직하게 꽂혀 있는
앙뚜안의 챙 넓은 모자 위에 앉았다 여름이었다
가만히 있어도 참게 되는

정적이 흐른다 셋은 각자의 시작 노트를 떠올리고는, 정
말 쓸데없어서 입을 다문다 도로엔 더러운 비둘기들이 걸어
다니고 있다 목에 헤드셋을 걸친 키 작은 남자는 자신이
  비둘기의 눈에도 보이는지 확인하기 위해 비둘기를 향해
돌진했고

비둘기는 놀란 척하며 옆으로 피한다 여름
이었다
다른 맥락에 놓인 파리가 여전히 가만히 있는

스트라인스   (허리에 찬 주머니를 흔들며) 아이스크림 먹

을까?

순진한 이빨을 드러내 웃는 스트라인스 파리가
챙에서 얇은
발을 떼 천천히 세 시인의 주위를 난다
파리의 미덕은 자신의 생각을 표현하려 들지 않는다는 점
이라는 문장이 누군가의 시작 노트에 적혀 있을 법한
여름이었고

앙뚜안 보여 줄까, 내 시작 노트?
지말과 스트라인스   (거의 동시에 대답한다) 아니!
지말   내 거 보여 줄까?
앙뚜안과 스트라인스   (얼른 귀를 틀어막으며) 아니!
스트라인스   보여 줘?
 앙뚜안과 지말   (두 손으로 입을 막으며) 그러지 마!

파리가 위이잉 날았다 파리란… 셋은 동시에 생각한다
그러나 그중 파리란… 하고 가장 많이 생각한 사람은 스트
라인스이므로, 귀를 막느라 땅에 떨어뜨린 지팡이를 주워

파리를 향해 휘두른다 파리는 더위 때문에 천천히 날고 있
었다 지팡이를 휘두른 속도가 파리가 나는 속도를 앞질렀
으므로 파리가 저쪽으로 밀려났고 밀려났을 뿐 죽은 건 아
니었다 여름이었다

  파리를 구태여 때리는 계절 누군가
  머릿속으로 자신의 시작 노트를 떠올렸다 사실

  영화 「부정확한 뱀」에는 진짜 주인공이 있다
  그런데 주인공은 뱀이 나타나기 전에 죽어 버렸다
  주인공이 너무 빨리 죽어서 아무도 그가 주인공인지 알
수 없었다 늘
  그런 식이었다 무지 슬픈 영화였다고
  생각한 사람이 없었으므로
  여름이었다
  슬퍼하지 않은 것도 슬퍼한 것의 일부가 되는 계절이었
으므로

  파리가 다시 세 시인의 주변을 알짱거린다 늘

그런 식이었다 파리는
잘하건 못하건, 누군가의 주위를 서성였다
서성이다 한 대 맞았지만 죽지 않는 것이 미덕이었다

한 마리의 파리가 등장하는
어떤 시에 관한 시작 노트를 끄적이던 시인은
노트 모퉁이에
파리가 살 만한 인간적인 삶의 조건,
이라는 구절을 휘갈긴 뒤 노트를 덮는다 그리고
생각한다
시 쓰기는 참으로 쓸모 있는 인간의 놀이다
여름이었으므로 그런 생각이 가능했다

무단횡단은 왜 필요한가

그녀는 일찍 태어나 버렸다.
신이 무단횡단을 하는 바람에

라는 시의 첫 행을 쓴 도미닉은
후절을 지웠다.

하나의 전봇대 아래 놓인 작은 똥은 겉으로는 침착하지만 깜깜한 밤보다 비 오는 대낮을 무서워할 정도로 겁이 많았는데 언제나 정신은 똑바로 차리려 했다. 밤이 왔을 때, 그리고 무언가 대단히 잘못되어 가고 있다는 사실을 깨닫는 순간조차 입을 다물었다.

그녀는 일찍 태어났다. 바세나라는 이름의 그녀는 도미닉을 낳은 장본인인데, 세상에 슬플 수가 없는 곳은 정신병원뿐이라는 사실을 일찍 깨닫는다. 그녀는 일찍 학교에 갔으므로 일찍 학교에서 쫓겨났으며, 압착기 아래 놓인, 아직은 찌부러지지 않은, 멀쩡하려 노력 중인 둥글고 맛 좋은 포도의 삶을 살았다. 그녀는 일찍 사랑을 아는 바람에, 똥을 자주 떠올렸으며, 인간에게 약간의 삭제가 허락된다면 — 그것이 신의 직업적 자존심에 상처를 주는 일일지라도 — 전봇대 아래의 똥, 아니 똥이 보여 주는 침착함 그 자체가 되고 싶었으며, 깜깜한 밤보다 비 오는 대낮을 무서워하는 똥의 속사정은 몰랐지만 그것까지 알았다면 정말 똥이 되었을 것이다. 그녀의 왼쪽 콧방울을 덮은 커다란 점은 커도 너무 컸으므로 그것을 지우려면 피부를 파내야 하고 그러면 그녀는 코 없이 살아야 했는데 그것도 나쁘지 않을 거라 생각했지만 넓은 점은 그녀가 죽을 때까지 자리를 지켰다. 코의 왼쪽 부위를 덮은 도톰한 갈색 점은 누구에게나 반감을 샀으므로 그녀는 죽을 때까지 삶에 대한 일관된 태도를 견지할 수 있었고 신이 그날 무단횡단을 한 이유는 죽기 싫어서였으며 그것은 그의 진심이었다. 이쯤에서 우리는 이 시의 저자이자 바세나의 아들인 도미닉의 시의 한 구절인, 인간이 신보다 덜 인간적이라는 사실은 사실이다, 를 인용해 볼 수 있으리라. 도미닉이 태아가 나오는 산도를 미끄러져 내려오고 있었을 때, 그가 본 것은 몸을 벗으려는 듯, 외투에 줄줄이 달린 무수한 단추들을 끄르며 황급히 길을 건너는 어느 사내와, 떨어지기 직전인, 혹은 떨어지고 싶어 하는, 아니 예전에 몇 번 떨어진 적이 있어서 여러 번 감았지만 다시 달랑거리며 떨어지고자 하는 하나의 둥근 단추였고, 작은 단추는 그가 태어날 세계였는데 그걸 알고도 아기 도미닉은 침착했다. 다시 바세나의 생으로 돌아가자. 그녀는 얼른 얼른 세상을 떴다. 는 마지막 문장은 끈 떨어진 단추에 관한 그녀의 자세를 보여 주기에 부족함이 없다.

과학의 법칙

1

A는 B와 C와 D와 E와 F와 G와 H와 잤다 절정의 순간에는 어김없이 데모크리토스의 문장이 머릿속에서 울려 퍼졌다 만물은 원소들의 무작위한 결합이다! I와 J와 K와 L과 M과 자도 데모크리토스는 한번 내뱉은 말을 번복하지 않았다 만물은 원소들의 무작위한 결합이며 본질은 없다

2

시는 관측된 현상에 대한 설명을 오직 자연적인 원인에서만 찾는다

시는 관측된 현상을 최대한 단순하게 설명하는 자연의 모형을 만들고 시험하면서 발전한다

시는 자연현상을 예측할 수 있어야 하고 그 결과가 관측 결과와 일치하지 않을 때는 수정되거나 폐기된다*

3

　중력의 법칙은 원자보다 작은 입자들의 세계에는 적용되지 않는다 신이 원자보다 작은 미생물이기 때문이다 신은 너무 커서 보이지 않는 게 아니라 너무 작아서 육안으로 확인할 수 없고 따라서 신을 보려면 특수한 기구가 필요하다 신은 인간과 연락을 끊기 위해 자신이 속한 세계에 인간세계의 중력 법칙이 미치지 못하도록 막았는데 인간들이 섭섭해한다

4

　a는 a의 1제곱이지만 그렇지 않은 척한다 여기서 1은 공기 같은 것이므로 굳이 공기가 있다고 알릴 필요가 없다 사람들은 제곱이나 세제곱과 달리 1은 생략하기로 새끼손가락을 걸어 약속했고 그것은 외로워서였다 1을 표기하지 않는 것은 일종의 절약이자 단련 혹은 정신 수양이었다

5

하늘에는 보이지 않는 급사면이 있어서 새들이 자꾸 미
끄러진다

6

버스 뒷좌석에 여고생 둘이 앉아 있다
은성아, 지금 몇 시야?
4시 24분

사람 a는 속상하다
세상이 지금 몇 시인지, 그런 무서운 이야기는 알고 싶
지 않은데…

사람 a는 생각한다

지구의 반지름은 대략 6400km이므로
원둘레 공식 $2\pi r$을 활용해 지구의 둘레를 구한 후,

24시간으로 나눈 결과 지구는 시속 1674km로 달리고
있다

따라서

지구가 달리는 방향과 정반대로 시속 1674km의 속력을
내야만

우주의 관점에서 볼 때 사람 a도, 우주도 평화롭고 정적
인 상태로 보일 것이다

그러니까 사람 a는 세상을 까먹기 위해

거침없이 달리고 있는데 사람들은 왜 지금이 몇 시인지
말하는 것일까?

7

한 달 내에 생리를 다섯 번 하면 머리를 긁을 때 피딱지
부스러기가 손톱에 끼었다

• 제프리 베넷, 「현대 과학의 세 가지 특징」, 『우리는 모두 외계인이다』,
90쪽 변형

빨간시냇물원숭이

원숭이 엉덩이는 달린다
기차는 빨갛다
나무는 달리고
냉장고는 섰다
창문이
맨 위 칸에 썩은 햄을 보관한다
동화책은 자꾸 지나가서
셔터, 어른들을 위한
비는 끌어내린다
집은 못한다
겁쟁이는 문을 닫았다
삶이 너무해
무릎은 집이 아니야
지렁이는 편다
간이 없는 문장이 간이
있는 문장을 안고 싶어 한다
비는 맛이 갔어
나무가 주룩주룩 내린다
자는 정확히 말할 수 없고

불행은 잰다

창문은 억누를 수가 없네

스탬프가 자꾸 지나가서

빨간 원숭이

옆

빨간 시냇물 아래 얼굴을 내비치는 빨간 조약돌들의 잔
잔한 웃음이

남는 부분

　나무 식탁에 앉아 방울토마토를 한 개씩 잡아먹는 작가
는 땔감을 구하러 숲으로 간다 그것은 책 속의 남자˙에게
줄 먹이다

　책 속에는 축축한 나무 식탁, 나무 의자 그리고 나무 침
대가 있다 나무 침대 위에 누운, 침대와 크기가 맞지 않는
나그네는 나무틀의 창문을 바라보며 창문이 열리지 않을
거라는 첫 번째 인상을 받는다

　마음을 어지럽히는 잘려 나간 팔다리
　갈피를 잡지 못하고 흘러 다니는 피
　작품 속에는 비가 내릴 수 없는데 작품 속 남자는
　비 같은 게 좀 그쳤으면 좋겠다며
　축축한 마룻바닥 위에 맨발로 서 있다

　숲으로 간 작가는 나무의 그림자를 뒤집어쓴 채
　팔다리가 긴 나그네들을 기다린다
　어딘가 넘치거나 어딘가 모자란 나그네들만이 쓸모 있
다는 것은

어설픈 작가들의 공통된 의견이다
팔다리가 쓸데없이 긴 나그네가 지나간다
뒤에서 덮쳐 책 속으로
던져 버린다

배가 고파
나무를 물고 늘어지는 그림자의 이미지에 집중하던
책 속의 남자는 나그네를
침대에 눕히고 톱을 간다 호박색으로
질린 나그네의 얼굴
경험상 이것은 꿈이다, 라는 자각은 공포를 더는 데 도
움을 주지 못한다

나그네는 창문을 본다 창문이 열리지 않을 거라는 인상
은 누가 써먹은 공포이므로 나그네는
저 창문을 열어도 바깥은 현실이 아니다, 라는 공포로
창문에 관한 인상을 이어 나간다

거의 다 된 가스통을 꺼내 두어 번 흔든 뒤 브루스타를

건성으로 툭툭 쳐 불을 켜듯

　작가는 침대에 맞지 않는 나그네를 잡아다 책 속의 남자
에게 던져 주고 손을 턴다 그러니까

　이야기에는 얼마간 절실하게 짜고 치는 마음이 있는 게
아닌가, 하고

　어느 독자가 생각하는 반면

　독자들은 잘려 나간 팔다리들에 관한 깊은 지식을 얻
는다,

　고 방울토마토를 잡아먹으며 작가는 안일한 생각에 빠
져 보는데

　침대에 눕히는 나그네

　경험상 이것은 꿈이 아니다, 라는 자각은 정신을 차리는
데 도움을 주지 않는다

　음침한 방

　축축한 마룻바닥과 피비린내

　책 속의 남자는 환기를 위해

창문을 조금 열어 빛이 바깥으로 조금 새어 나가도록
두는데
새어 나간
빛은 언제나 현실이었다

• 프로크루스테스는 침대에 맞지 않는 사람의 팔다리를 늘려 죽이거나 잘
라 죽였다

하얀 공장

정육각형 건물 좌측에 반듯한 굴뚝이 꽂혀 있는 연구소의 연구원들은 머리부터 발끝까지 하얀 옷을 덮고 있으며 그것과는 무관하게 성별이 없다 그들은 숲속의 호수를 그리지 않으며 클래식 기타를 연주하지 않는다

끊이지 않는 비닐 소리는 인류를 저주하게 만든다, 는 가설은 부단한 관찰과 실험, 검증의 절차를 거쳐 철새들의 편대 비행과 동일한 위치에 오르고 있다 존재하는 모든 종류의 사실들은 수준이 동일하며 따라서 사실 추구자인 그들은 평등주의를 꿈꾼다

사실은 동의와 비동의, 관용과 불신의 차원을 넘어선다 이곳의 연구원들은 진실이나 거짓보다 사실을 선호하며 사실은 기분이 없으므로 위로를 필요로 하지 않는다

연구원이 애정하는 것은 그림이 아니라 사진인데, 2억 번 이상의 고도 측정과 1천 장 이상의 사진을 조합, 합성한 화성의 전 표면을 보여 주는 사진*은 그들이 추구하는 사랑의 형태를 단적으로 보여 준다

사실을 모으는 일은 취향의 문제가 아니므로 그들은 혁
명을 원한다

• 제프리 베넷의 『우리는 모두 외계인이다』 9쪽에 수록된 화성 사진

3부

N의 백일장의 풀숲

줄 달린 물통을 가슴에 사선으로 맨, 볼 빵빵한 시인과 나는 백일장에 나간다. 키 작고 볼 빵빵한 그는 나갔다 하면 상을 탄다. 백일장이 시작되면 그는 어디론가 사라진다. 나는 시인을 미행한다. 풀숲이다. 그는 하나의 나무를 등지고 앉아 있다. 나무 하나를 등진 것이 비법인가. 고개를 처박고 뭔가를 뒤적이고 있다. 사전이다. 그는 모르는 단어를 찾아 시에 쓰고 그 시로 상을 탄다. 나는 사전을 훔쳐 냅다 도망간다. 달리며 사전을 빠르게 읽는다. 뒤를 돌아보자 시인은 고개를 처박고 땀을 흘리고 있다. 쓱쓱쓱쓱. 그것은 시를 쓸 때 나는 소리다. 모르는 단어 하나가 눈에 들어온다.

집(동사) : 집에 도착한 N은 현관문을 열었는데 N이 없었다. N은 그 시간에 다른 데 있었기 때문이다. N은 들린 곳들을 하나하나 되짚어 본다. 문을 모두 닫는다. 집을 나간다. *생선 가게, 정육점, 모자 가게를 차례대로 다시 가 보자.* 걷다가 까닭 없이 뒤를 돌아본다. 집은, 뒤집힌 채 해안가에 죽어 있는, 죽어서도 왠지 땀을 흘리는 듯한 통통한 바다표범 같구나. 걷는다. 바닥을 살피며. 걷다가. 누구의 넓고 단단한 가슴팍에 머리를 박는다. 아이쿠! 고개를 들어 올려다본다. N은 아니다. N보다 키가 크기 때문이다. 걷는다. 뒤는 돌아볼 필요가 없는데 뒤를 돌아본다. 집이 있다. 집은 집으로 있다. 걷는다. 뒤를 돌아본다. 집이 없다. 보이지 않을 만큼 멀리 왔군. 집으로 돌아간다. 집으로 향하므로 뒤를 돌아보면 집이 없다. 집이 죽었다고 생각해 본다. 죽음이라는 단어를 생각한다. 죽음은 두둑하게 쌓여 있는 무엇일 뿐이다. N은 더 걷는다.

집에 도착한 N은 현관문을 열었는데 N이 없다. N은 그 시간에 다른 데 있었기 때문이다. N은 고개만 들이밀고 어두운 집의 내부를 살핀다. 아직도 없다니… N이 없다면 집에 들어갈 필요가 없으므로 N은 밖에서 자기로 한다.

*

나는 풀숲으로 간다. 모르는 단어를 갖다 쓴 시를 찢는다. 이제 풀숲에서 나와! 뚱뚱한 시인은 땀을 흘리고 있다. 나는 사전을 던진다. 탁! 책등에 맞은 시인은 뒤로 나자빠진다. 오뚝이처럼 저절로 돌아와 땀을 흘린다. 백일장에 나가는 시인을 본 적 없다는 사실이 문득 뇌리를 스친다. 백일장에 나가는 시인은 너와 나뿐이다! 나는 백일장에 나가는 유일한 시인이 되기 위해 두 팔로 시인을 밀친다. 볼이 빵빵한 시인을 비닐로 꽁꽁 싸맨다. 굴린다. 절벽으로 밀어버린다. 나는 풀숲으로 들어간다. 사전을 툭툭 털고 시인이 앉았던 자리에 앉는다. 백일장에 나가는 시인이 앉았던 자리도 사람이 앉은 자리라 따뜻하다. 아직 열기가 날아가지 않은 그곳에서 시작한다. 하나의 나무를 등진다. 코를 박고 땀을 흘린다. 고요한 풀숲이다. 씩씩씩씩. 풀숲이 내는 소리는 아니다.

복도가 준비한 것

복도가 있고
창문1과 창문2가 마주 보고 있다

창문1은 하지 않은 말이 있다 창문2는 창문1이 하지 않
은 말을 마저 하지 않음으로써
복도를 유지한다

복도의 창문은 늘 뜬눈이다
뜬눈이 뜬눈을 본다

나는 너를 화나게 하고 싶다

창문1은 창문2를 통과한다
창문1은 창문2가 가진 숲을 본다 숲이 가진 절벽을 본
다 절벽이 가진 흰 손바닥을 본다 흰 손바닥을 이곳저곳
묻히며 추락하는 사람을 본다

뜬눈으로 밤을 새우는 이가 가지색 천장을 본다 누워
자는 윗집 사람이 있다 윗집 사람이 뜬눈으로 가지색 윗집

사람을 본다

뜬눈으로 죽은 사람 둘
뜬눈으로 헤어진 연인 둘
뜬눈으로 추락하는 사람 하나
건조한 복도로 건조한 새가 날아온다

창문1과 창문2는 서로를 향해 전진하지 않는다
복도가 거리를 유지한다

창문1과 창문2가 사랑을 해서 가깝지 않다

진짜 눈물을 흘리는 진짜 당근

1. 어떤 사람이 당근을 사러 당근 가게에 갔다

2. 당근다운 당근이 한 개도 없었다

3. 그는 어디로 가야 할까?

4. 어떤 사람이 과거를 지울 수 있다 믿으며

1. 당근을 사러 당근 가게에 간다

5. 천사들이 당근 가게에 난입했다

6. 비가 내렸다

7. 천사들이 우산을 꺼냈다

8. 당근들이 진짜 눈물을 흘렸다

9. 흘러내리는 과거를 손수건으로 닦을 수 있을까?

10. 그러나 어떤 사람은

1. 당근을 사러 당근 가게에 간다

11. 쌓아 놓은 나뭇단 옆, 날개 달린 천사들이 죽치고 앉아 있다

충분히 자 두어야 해

그들 중 하나가 낮은 음성으로 말한다

12. 나머지는 우산을 가지고 논다

13. 노래를 부른다

14.

우산 대신 세계를 접었네
그게 좋아서 우리는
계속 계속 접네

15. 천사들이 채소 가게에서 사람들을 용서하고 있다

16. 당근이 울었다

17. 울지 않는 당근도 있다

18. 하늘에서 떨어진다

19. 당근을 사러 간다

0. 천국이 몇 개인지 세어 보지 않는다

수학의 법칙

◦ a

a는 자기 자신으로 되돌아가는 방법이 필요했다

$$a \div b \times b = a$$
$$a \times \frac{1}{b} \times b = a$$

ex)
인간은 무엇인가 :
인간을 불행으로 나눈 뒤 다시 불행을 곱해 인간으로
돌려놓을 수 있다

세상은 무사한가 :
세상을 무의미한 날씨로 나눈 뒤 무의미한 날씨를 곱하
자 세상이 발가락을 꿈틀거렸다

너 :
나는 네 왼손에 총자루를 쥐여 준다 총을 쏘자 네가 너
로 되돌아온다

◦그 빗변의 허기

상대가 직각을 낀 두 변의 길이를 알 때 빗변은 얼마나
두려워하는가

◦$a^2 + b^2 = c^2$

머리에 핀 꽃은 a가 뗀다
손잡고
머리에 핀 꽃은 b가 뗀다
어쩔 수 없이,
머리에 핀 꽃은 c가 달아났다

$$c = \sqrt{a^2 + b^2}$$

톱을 든 c가 돌아왔다
비가 주룩주룩 내렸다
머리에 핀 꽃은 a와

머리에 핀 꽂은 b는

젖은 과수원의 젖은 정자 아래 숨어

벌벌 떨고 있다

우리는 잘못한 게 없는데

c는 지붕을 잘라

감자 포대에

넣은 뒤

단단히 묶어

절벽으로 날려 버린다

뛰는 c는 뛰는 a와 뛰는 b가 비 맞고 손잡은 꼴로 박제되었다

◦ 아침에 일어나니 팔이 세 개여서 하나가 소외되었다

◦ 하늘에서 땀 흘리는 고래를 보았다

◦ ☆

☆가 종이 한 장을 펄럭이며 내게 달려온다

나의 창백한 이마에
종이를 붙인다
자신의
일기가 적힌
(그것은 일종의 자살행위였을 것이다)

☆는 거의 투신자살하는 새다
(날아가다 창문에 부딪혀 죽은 새가
진짜처럼 보이는 세상에 기분이 상했다
는 내용의 일기란)

나 괜찮니? 나 어디 안 다쳤니?

옥상에서 내려다보니 창백한
종이가 거품을 물고 있다
그것은 다친 데 없이 사망했다

◦죽었던 기호들이 뽀글거린다

끝

끝, 하고 발음하면
자연히 웃는 입 모양을 하게 된다
그래서 웃을 줄 모르는 아이에게
웃는 법을 가르칠 때
끝을 발음해 보도록 하면 좋다

자, 끄읕, 해 보렴
입술을 양쪽으로 살짝 당겨 봐
빨랫줄의 양 끝을 잡아당기듯
그 빨랫줄에 하얀 시트를 걸어 널듯

멍의 가장자리를 가위로 오리며
층계참에서 우리는

끝이 어떻게 생겼는지도 모르면서
끝처럼 서 있잖아

끝이라는 말은 언제 내뱉어야 가장 예쁠까,
아마 이런 생각을 하면서

사진을 찍는 순간 다 같이
치즈 대신
끝, 하고 외치면
세상이 조금 환해질 텐데
이런 생각을 했을까

기어코 웃고야 마는 네 속에는 끝이 많구나
알약을 털어 넣는 순간 뒤로 꺾이는 목의 각도로
끝과 끝이 서 있는 곳에서

공원의 싸움

공원이었다

지말과 스트라인스는 쫓아오는 앙뚜안을 따돌리고 모텔
로 향한다

스트라인스가 지말을 벗겼는데

텅 빈 새장이었다

우리가 흔히 떠올릴 수 있는,

아치형 천장에

칠이 벗겨진 편이 자연스럽고

가만히 있어도 삐거덕거리는

스트라인스는 웃을 수 없었다 새장과

자 본 적이 없으므로 더구나

새도 없는…

새장 속 플라스틱 먹이통은 피로한 보라색이다

그냥 해!

지말이 눈을 크게 뜬다 답이 없으므로 시인은

여기까지만 쓴다 다만,

답 없는 상황은 다른 답 없는 상황으로 덮이므로 시인은

공원에 남겨진 앙뚜안과 비둘기에게 발걸음을 옮긴다

비둘기는 서 있다
한 발로
사실 비둘기의 다리는 두 개다
다리 하나를 배때기에 숨긴 채
오늘도 다친 척하고 있을 뿐이다 앙뚜안은
비둘기를 향해 돌진해 그것을
자빠뜨린다 그것은
본능적으로 두 발로 선다 비둘기는 이내
한숨을 내쉬며
다시 한 발을 접어 배 아래 숨긴다
앙뚜안은 물론 서운하다
왜 나에게는 힘든 척하지 않는 걸까

앙뚜안과 비둘기가 싸우는 동안
은 여름이었다
사람들은 대낮에 무능했다 지말은
모텔을 뛰쳐나와 공원의 전도사에게로 향한다

오후 2시가 오후 2시 1분에 지각하기 위해 몸을 비트는

여름이었고 똥파리는 텅 빈 새장의 주변에도 공원에도 있
었다 그것은 어디에서나 쓴웃음을 지으며 날아다녔다

    벤치 옆에 서 있는 채송화
    누구의 외로움은
    다른 누구의 외로움으로
    보완되어야 하므로
    채송화 옆에 다른 채송화가
    서 있을 법도 한데 꼭
    그런 것은 아니었다
    왜 이런 일이 일어나는 걸까요?
    물어도
    벤치에 앉은 전도사는 말이 없다
    함부로 달콤해진 초코바 하나
    쥐여 줄 뿐
    손이 부족한 천국에서는
    천사가 악마도 겸임한다는 사실 같은 게
    사람들의 따뜻한 여름날을 망쳐선 안 된다고,

( )
:::::
:::::
abc

벌어진 두 앞니가 사람 전체를 허술하게 만드는 모양이
야. b는 본 적 없는 2층 남자에 관해 말한다. 앞니가 벌어
져서 바람이 잘 통하는 몸을 가졌을 거야. c가 천장을 올
려다본다. 손바닥을 펴자, 그 위로 떨어지는 먼지. 위층에
서 의자 *끄*는 소리가 들린다.

저 사람은 왜 저렇게까지 걷는 거야, 엄마? b와 c는 흔들
의자에 앉아 흔들거리는 생각을 하는 a에게 질문하지 않는
다. 남자가 의자를 끌며 걸을 때마다 천장의 긴 판자들 사
이로 먼지가 내린다.

a와 b와 c는 abc와 같이 꼭 붙어서 잔다. 잠들려는 서로
의 욕망에 반대하며. 먼저 꿈에 뛰어든 이가, 뛰어내리라!
소리치지 않았다. 입을 열고 잠들면 꿈에서도 먼지가 내렸
으므로.

a와 b와 c는 떨어지는 먼지를 먹고 살았다. a는 흔들의
자에 앉아 조용히 흔들거렸으며 자신과 무관해지기 위해
신문을 읽는다. b와 c는 마당의 살구나무 아래서도 떨어지

는 먼지를 맞았다.

너 또 콧노래 부른다!
너 또 불안하니?

b는 c 위로
찢어진 채 떨어져
차곡차곡 쌓이는 그늘을
본다.

살구나무가 열매를 되풀이했다. 나무 그늘, 확실한 개미
들이 확실한 슬픔을 느끼지 못하며 계절을 데리고 갔다.

저 이는 위층에 살아서 우리와 층위가 안 맞는다,
콜록이는 b.
b의 머리에 사는 먼지를 털어 주는 c.
층위가 맞지 않는 사람과는 만날 수 없지.
암시하는 먼지.

엄마, 2층이 조용해.

b

엄마, 2층이 조용해.

c

집에 돌아오니 식탁의 왼쪽 모서리 위치가 조금 바뀌었다.
그대로인 현관의 신발들.

두개골이 식탁을 쳤고
누군가 신발을 신지 않고 뛰어나간 거지,
라고 생각하는 건 쉬운 생각이다.

흔들의자에 앉아 앞뒤로 흔들거리는 a는 똑같은 신문을
읽지 않는다.

못

　그것은 고구마에 가깝다 팔다리가 없고 온몸이 멍이다
온몸이 멍으로 뒤덮인 고구마는 멍 위에 멍을 얹어도 티
나지 않는다 그것이 침대에 누워 있다 팔다리는 없고 이마
가 넓다 얼굴 한복판에는 끈 풀린 운동화 크기의 상처가
있다 상처는 운동화 고무 밑창 깊이 정도로 함몰되어 있
다 그것은 팔다리가 없고 머리카락이 길다 이마 위로 내려
오는 몇 가닥의 머리카락이 아물지 않는 축축한 상처 위에
들러붙는다 들러붙은 채 그 위에 딱지가 내리면 영영 꺼낼
수 없다 병균은 아주 자그마하고 치사해, 그것은 입이 없
으므로 이 말은 그것이 아닌 다른 무엇이 한 말이거나 상
처가 지껄이는 말이다 어두운 집 구석을 밝혀 나무 계단
을 오르듯 촛불을 켜 상처의 주위를 밝힌다 새벽 지하철의
물품 보관함처럼 상처가 잠잠하다 잠잠한 가운데 간헐적
으로 느닷없이 피를 뿜어내기도 한다 침묵은 어딘가 발작
적인 면을 숨기고 있으므로 자극해선 안 된다 새로 뿜어낸
피가 상처의 테두리를 넘어간다 갈피를 잡지 못한 채 흘
러 다닌다 머리카락은 피에 젖어도 검다 피가 선을 넘었어,
아주 더러운 상처야, 이런 말은 아무도 하지 않고도 저절
로 들린다 상처는 손바닥 두께만큼밖에 깊지 못해서 하늘

빛으로 빛난다 풀숲에 숨은 늙은 버섯처럼 하얗고 잠잠하다 촛불을 켜 상처를 밝힌다 피가 흥건한 이마 위로 머리카락이 내린다 시간이 흐른다 그것은 아직 빠질 준비가 덜 된 머리카락이 머지않아 빠질 준비가 된 머리카락으로 변한다는 의미다 머리카락은 처음부터 죽어 있다 시체 분해 박테리아가 관심을 가질 부분이 없을 정도로 죽어 있다 처음부터 죽어 있는 머리카락이 상처 위로 내려오고 상처와 한 몸이 된다 테두리가 명확한 상처다 테두리로 인해 그것은 한정된 고통만을 느낀다 촛불로 상처를 밝힌다 상처의 크기에 따라 느낄 수 있는 고통의 양에 제약이 따른다 피가 흐른다 온몸의 피를 뽑는다면 팔 센티미터의 못 하나를 얻을 수 있으며 그것은, 그것이 걸어 다니던 시절 즐겨 쓰던 모자 하나를 걸기에 적당한 크기다

슬플 땐 돼지 엉덩이를 가져와요

돼지 엉덩이를 봐요. 그것은 연분홍입니다. 그것은 두루 뭉술하고 풍부합니다. 돼지의 엉덩이는 진열장 속 각진 상자에 또르르 대열 맞춰 앉은, 알록달록한 마카롱들과는 다른 세계에 속합니다. 돼지 엉덩이는 꿈꾸지 않습니다. 돼지 엉덩이는 선택의 여지가 별로 없습니다. 문고리를 잡고 주저앉아 우는 엄마가 자꾸 나타나나요? 돼지 엉덩이를 소환하세요. 땀이 잘 나는 반들반들한 연분홍 엉덩이는 누구에게도 미안해하지 않으며 잘 참는 사람을 칭찬하지도 않습니다. 새벽 두 시. 만화방. 철없는 반바지를 입은, 집 나간 뚱보 아빠는 몸에 비해 비좁은 플라스틱 의자에 앉아 후루루 쩝쩝 사발면을 먹어요. 만화책 속 주인공은 눈이 크고 바다에는 선택의 여지 없이 날마다 해가 뜹니다. 주인공은 정처 없는 밀짚모자를 쓰고 있고 어깨에는 앵무새가 앉아 있습니다. 바람이 불어도 땀을 자주 흘리는 주인공은 친구가 없는데 친구가 많은 척하며 이것은 만화의 영원한 주제입니다. 돼지 엉덩이는 누구에게도 자신의 의견을 내놓지 않습니다. 그것은 당신에게 성장 배경을 묻지도 않습니다. 돼지 엉덩이는 엉 엉 엉 울어지지가 않고 자존심이 없어서 비를 맞지 않습니다.

그렇담 돼지 꼬리는?

뭔가를 친절하게 사양하는 듯한

망가진 마음을 숨기는 듯한

변기통 물이 미세하게 술렁이는 듯한

헤매는

돼지 꼬리는

몸집 큰 돼지가 땀을 흘리며 푹 푹 잘 때조차

정신을 똑바로 차리고

온몸을

돌

돌

돌

말고 있습니다.

도끼를 든 엉덩이가 미친 사람

그는도끼를든엉덩이가미친사람이다그사람이내게연
필

을한자루달라한다나는연필이없다그는모래사장에집
을

그린다
집

에문이있다는게가능했다그
는

그림속집으로문을열고들어간다뒷문으로나갈지
망

설이는것같지않았다문고리를부수고도열리지않자발
길

질을하고엉덩이로민뒤마침내도끼로문을부수는생각

같

은건하지않았다
그

는엉덩이를든도끼가미친사람이다그는누구일까나는
울

지않았다그는도끼를휘두르며,넌자존심도없냐,고
소

리친다
밤

이었다등뒤로서늘한바람한줄기불었다뭘
몰

라도너무모르는바람이다누구일까그는진짜도
끼

를들고도집에서나오지못했다그는엉덩이에도끼가박힌

사람이다
그

는운다사람은더자주울필요가있다고도끼든자가생각

한다진실로
울

때,사람은반아카데미풍이되니까너는여기들어와,라는

말을그가하지않는다그는파
도

를기다린다파도
를

기다릴수있다고그가믿고있다그가엉덩이와도끼가함
께

미친자이기때문은
아

니다그는사실이아니니까
새

가창문에부딪혀자꾸자꾸죽었다신은실력이좋지않았
던

거지,도끼를내려놓고도그런생각이가능했
다

방금뭘한거예요?도끼는신에게질문하지않는다죽은

새

까지포함해서집이었다칠을새로하는게좋겠어,나는나
쁜

말은하지않는좋은사람이다집안에엉덩이와도끼로된
사

람이산다도끼를든엉덩이가미친진짜사람이살았
다

나는궁금하였다파도가모래사장을쓸고갔다그는집을
왜

그렇게까지,자세하게,그
렸

을까

위주의 삶

나는 당신을 위주로 생각한다 목성을 위주로 도는 유로파는 목성을 위주로 생각한다 벗어나고 싶을 때 가장 늦게 오는 것 위주로 도는 하루를 생각한다 부은 발을 주무른다 발끝을 벽 앞까지 밀었다가 당겼다 하루를 유예하면서 하루를 돌았다 도달하려는 마음 없이 밀어낸다는 마음 없이 돌고 있다 얕게 돌면서 얕은 우주를 생각한다 발목만 적시며 유로파는 목성을 위주로 아프다 목성을 잊을 때까지 돌며 자리에 없는 사람을 위주로 돌던 순간을 생각한다 목만 돌아가는 인형처럼 웃고 있는 우주다 우주를 떠올리면 오천 년이나 그 직전과 직후가 떠오른다 멀리 있는 별을 도는 별을 생각한다 살아 볼 수 없는 날짜를 일기에 적으며 글자들이 글자 위주로 도는 일기를 쓴다 돌고 있어서 동그래진다 인형의 왼쪽 얼굴이 오른쪽 얼굴에 도달하기 위해 돌고 있다 귀 끝에서 귀 끝까지 웃으며 목이 새파래진다 먼 곳에서 편지를 받았다 궤도가 없는 편지다 글자 하나하나가 둥근 담벼락이었다 벌레가 부드럽게 다른 벌레의 등을 넘어간다 앞으로 조금씩 밀어내며 지나간 벽은 뒤에 세워두고 돌고 있다 뒤에 두고 온 것들을 등으로 밀며 앞으로 간다

그는 아직 미치지 않았다

── 안개에게

1

안개가 없는 마을에 정거장 같은 안개가 끼었다
사람들은 오랜 시간 안개를 그리워했다
안개를 낡은 속옷처럼 받쳐 입으며 그는 수치심을 던다
그는 한 꺼풀의 안개에 대해 기록한다

2

소년들은 창가에서 속손톱빛 안개를 내다본다 창문을
문질러도 안개는 지워지지 않는다고 했지 그래서 안개를
사랑하게 되었다고 했다

3

멀리 있는 것들을 미리 보여 주지 않아서 안심이 돼 사
람들이 떨구고 간 손금들을 쓸어 담으며 청소부는 말한다
안개 속에서 코끼리가 섬같이 나타나도 슬퍼할 사람은 없
어 애당초 멀리 있는 것은 보이지 않았으니 안개 속에서는

누구나 수상함에 익숙해질 수밖에

4

무릎뼈를 동그랗게 오므린 채 텅 빈 욕조 속에 담겨 있는 기분이야 그렇게 생각했던 사람이 안개 속에서 익사해도 애도하는 사람이 없으므로 세상은 고요히 흘러간다

5

자자, 나를 봐, 안개를 훔치고 싶다면, 쉬… 조용히 해… 이렇게 안개를 착착 개켜서 여기에 담으면 된다고… 쉬… 마늘 머리처럼 푸석한 노파가 오래된 장롱의 문고리를 매만지며 말한다 그녀는 미쳤지만 미치지 않았다 안개에 약간의 과거를 떠넘기는 방법을 터득했을 뿐이다

6

아무 말이 오가지 않는다 누구나 각자의 과거를 기다

리며 안개를 버티는데 그들은 한 올 한 올 풀려나가는 바지의 해진 밑단을 알아차리지 못한다 모두가 발소리를 죽이며

7

안개 속에서 아이들은 각자의 굴뚝을 내려 놓고 숨을 고른다 그들은 타인의 굴뚝에 발이 빠지지 않도록 조심한다 아이들은 발꿈치를 들고 총총히 뛰어간다

8

그대 떠나 버리고 나는 목 놓아 울었네, 울 때마다 그림자만 흥건해져요 안개 속에서 잃어버린 사람을 찾기 위한 유행가가 흘러나오면 그제야 사람들은 누락된 굴뚝이라든가 빠진 손톱을 찾아 나선다 그건 모두의 이중생활일 뿐 밑줄이 사라져 핵심을 알 수 없는 손바닥과는 상관이 없다

9

　안개 속에서 책갈피 같은 코를 가진 남자가 복권을 판다
사람들이 복권을 사는 이유는 요행을 바라서가 아니라 미
련을 떨쳐 버리기 위해서지 그런 점에서 복권과 안개는 닮
았어 안개 속에서 남자는 복권을 나눠 주고 사람들은 녹
슨 동전으로 은박을 긁어낸다

10

　너덜너덜해진 안개의 끝 피에로 분장을 한 피에로가 딱
딱한 오줌발로 안개를 적신다 그는 오줌을 피해 바짝 엎드
린다 안개의 밑창은 서늘하다

4부

모기와 함께 쓰는 시

젊은 시인 앙뚜안, 지말, 스트라인스는 시인의 강연에
갔다
이쪽저쪽 깨기가 강연의 주제였다

연단 위의 시인은 이쪽저쪽을 깨고 있었다

모기가 그들을 찾아왔다 여름이었다 다림질된 적 없는
구름이 흐르는

맨 뒷좌석에 앉은 앙뚜안, 지말, 스트라인스는 강연자를
따라 가방에서, 이쪽과 저쪽을 깰 만한 것을 꺼냈다

앙뚜안은 가방에서 어제 만난 여자를 꺼냈다 그녀는 어
떤 상황에서도 담배를 피워 댔다 일관성 있고 꾸준한 사람
이라는 인상을 주었다 바에서 나온 그들은 빗속에서 헤어
졌다
안녕
잘 가
더 잘 가

스트라인스는 가방을 열었다 엄마가 나오려 하길래 도
로 집어넣었다
어저께는 사랑한다 했는데 그저께는 그런 말을 안 했기
때문이다

지말은 가방을 풀지 못했다 매듭이 너무 복잡했다

모두가 예술가가 될 수 있습니다!
강연자는 새끼 거북 사진을 내보였다 해변의
새끼 거북들이 함부로 태어나고 있었다
모기가
앙뚜안의 왼쪽 정강이에 달라붙었다
찌르고 빠는 주둥이의 불쌍함

모기다!

스트라인스가 지팡이로 앙뚜안의
왼쪽 정강이를 후려쳤다 모기가

은근슬쩍 슬퍼하며
자리를 옮기고

연단의 시인은 부단히 이쪽과 저쪽을 깨고 있었다
갓 태어난 새끼 거북들은 늙어 보였다
그만 살아도 될 것 같다,
고 모기는 아닌 누군가 생각했다

모기는 할 일이 없었다 그도 누군가의 슬픔에 참견하고
싶었을 따름이다 계획대로

지말의 팔뚝에 앉은 모기는 주둥이를 꽂았다 피가 빨려
서 가방의 매듭이 저절로 풀렸다 지말의 가방에서
미니 시인 스트라인스, 지말, 앙뚜안이 나왔다

미니 지말　왜 인간만 유독 출산이 힘겨울까
미니 앙뚜안　다리 사이가 비좁잖아
　　　　　　　애는 머리가 크고
미니 스트라인스　인류의 머리는 점점 더 커지고 있지

미니 앙뚜안   그런 걸 진화라고 말하지
미니 스트라인스   나중에는 머리가 너무 커져서 모든 인
          류가 엄마 자궁에서 나오지 못할 거야, 모두가
          엄마 자궁 속에서 살 날이 올 거야
미니 앙뚜안   그런 걸 진화라고 말하지

지말은 그것들을 냉큼 가방에 쑤셔 넣고 더 복잡한 매
듭을 지었다
　앙뚜안이 지말의 팔뚝에 앉은 모기를 때렸다 순간 모기
의 불 꺼진 내장을 본 사람은 없었고

　모기는 겸손히 날아 스트라인스의 목덜미에서 숨을 골
랐다

　태어나서 난감한 새끼 거북들이
　어디론가 부적부적 기어가고 있었다
　이쪽을 깨세요 저쪽을 깨세요
　태어나세요!
　모두가 예술가가 될 수…

도망가자!
도망가자!
도망가자!

　시인 스트라인스, 앙뚜안, 지말은 모기와 함께 강연장을
뛰쳐나왔다
　밖으로 나온 젊은 시인들 뒤로
　다림질된 적 없는 구름 하나가 흐르고 있었다
　따뜻하고 바람 없는 날이었다

멀리서 온 책

책을 펼치자 문장들이 이중 매듭 만들기에 몰두하고 있다. 끊임없이 몸을 비비 꼬고 있다. 무의미한 움직임만을 수년간 반복하는, 바위에 깔린 벌레들처럼. 문장들은 오직 자기 자신에게 집중하느라 까맣게 타들어 가고 있다. 주변을 신경 쓸 재간도 없이, 미래를 도모하지도 않고 오직 한 자리에서 홈을 파며, 어쨌든, 바닥에 흔적을 내고, 그것을 위해 몸을 꼴 대로 꼬며 깊어지는 동작만을 반복하고 있다.

어린이는 책을 가져다준 어린이가 너무 멀리서 온 게 아닌가 하고 걱정한다. 어린이는 이런 책은 필요치 않다. 어린이는 읽을 수 있는 책이 필요하다. 나는 이런 책을 읽었다, 고 외칠 수 있는 책이. 너무 멀리서 온 책은 세상에 없어도 된다고.

멀리서 온 어린이는, 모든 문장이 동일해 보이는, 똑같은 수준으로 몸을 비비 꼬고 있는 문장들 중 하나를 흰 손가락으로 콕 짚으며, 나는 이 문장이 마음에 든다, 너는? 하고 묻는다. 그래, 이 문장은 다른 문장에 비해 더 오랜 기간 외롭게 매듭을 만들고 있으며 고유한 방식으로 몸을 꼬고 있는 것 같다, 고 어린이는 동조의 뜻을 가장한다.

　어린이와 멀리서 온 어린이는 저녁놀이 비치는 창가에서 함께 책을 들여다보고 있다. 그사이 석양빛이 몸을 꼬는 벌레들의 잿빛 줄을 붉게 적셨다. 둘은 무릎을 꼭 붙이고, 책을 들여다본다. 어린이는 퍼뜩 정신을 차리고, 책과 멀리서 온 어린이를 창밖으로 던진다.

　나무로 된 현관문을 잠근다. 더 잠글 것이 필요해 머릿속으로 몇 개의 문을 상상해 낸다. 문을 하나하나 잠근다. 아무도 살지 않는 섬의, 아무도 모르는 나무 그늘에 뜻 모를 바위가 숨 쉬고 있으며, 그 바위는, 셀 때마다 다리의 개수가 달라지는 검정 벌레들을 키운다. 어린이는 그것을 잊기 위해 더 많은 문을 닫는다. 두개골의 작은 틈 사이, 불편하게 나앉은 바위 위로 벌레가 모습을 드러낸다.

프로타주

다음과 같이 달리의 일생을 요약해 볼 수 있다

         1904년   출생 시도
         1921년   출생 시도
         1947년   출생 시도
         1952년   출생 시도
         1977년   출생 시도
         1989년   사망

달리는 초록색 돌돌이 색연필을 꼭 쥐고 있었다
관 속에서 관 뚜껑 안쪽에 마지막 문장을 적었다

하나는 엄지발가락 부근에 적혀 있다

                종이를 접어 종이학을 만들 듯
                 그림자를 접어 학을 만든다
                종이를 접어 종이학을 만들 듯
                 사물을 접어 비유를 만든다

하나는 두개골 부근이다

초현실주의는 불가능하며
현실이 현실을 무력화시키는 것만이 가능하다

한번 닫힌 관 뚜껑이 다시 열린다면 사람은 세계를 신뢰
할 수 없을 것이다

출구가 아닌 곳에 모인 어린이들

어린이 G가 죽었다

어린이 A는 어린이 B, C, D, E, F에게 문자를 돌렸다

4번 출구로 와

A는 4번 출구라 착각하며 3번 출구에서 친구들을 기다렸다

꽃을 든 어린이 B는
A가 출구를 제대로 알 리 없다 생각하므로
3번 출구로 나갔다

눈이 두 개 달린 어린이 C는
A가 4번으로 오라 했으므로
3번 출구로 나갔다

부등변삼각형 모양의 어린이 D는 지하철에서 파리를 만났다

죽음이 덩치가 크다고 생각하는가?
라고 말하는 듯한
파리의 쓴웃음에 이끌려
3번 출구로 나갔다

인간성이 별로인 어린이 E는
자신의 소신대로 3번으로 나갔다

머리 큰 어린이 F는
출구라는 말은 다 거짓말이라 생각해서
아무 데로 나갔는데 3번이었다

진짜 출구는 3번이었고

어린이 A, 어린이 B, 어린이 C, 어린이 D, 어린이 E 그리
고 어린이 F는
나란히 손을 잡았다
죽은 어린이 G에게로 갔다

역사와 전쟁

지구는 우주를 믿을 수 없었다

우주를 보려면 우주보다 커지거나
우주에서 멀리 떨어져 있어야 하는데
내가 당신을 어떻게 믿죠?

화장실에서 X가 본 낙서는 다음과 같다

〈당신은 왜 한 달에 한 번씩 엘리베이터에 갇히죠? 갇히
는 사람이 왜 하필 당신이죠?〉

우주의 입장에서 지구는
맞추어지지 못한 채
침대 아래 굴러다니는
잃어버린 큐브였고

지구는 돌았다
열심히
열심히

제 몸뚱어리를

돌렸다

끊임없이 현실을 조달받아야 했다

빵

    시인과 소설가는 메리 딸기 크림 스무디를 한 잔 시킨다 소설가는 작은 악어 — 꼬리가 조금 벗겨진 — 인형이 달 랑거리는 가방에서 어제 완성한 소설을 꺼낸다 시인은 늘 편지처럼 그녀의 소설을 받아 읽는다

    시인도 그녀에게 줄 것이 있다
    그녀가 어제 읽은 유명 작가 A의
    단편소설 「빵」

    그녀가 하고 싶은 말은 A가 다 했다 따라서 시인은 자 신의 마음이 궁금할 땐 「빵」을 꺼내 읽었으며 마음을 잊고 싶을 땐 「빵」을 침대 아래 던져 두었다

  「빵」은 빵에 관한 소설이다

  내일 아침에 먹을 빵은…
  으로 시작해
  내일 아침에 먹을 빵은…
  으로 끝나는

그녀는 그녀에게 「빵」을 건네주며

언제부터인가 그녀가,

그녀에게

"사랑해 줘"

라고 말하는 대신

"난 감기에 걸렸어"

혹은

"나 갈래!"

혹은

"화분에 물 좀 줄래?"

라고 말하게 된,

그녀의 인생의 한 부분을 소설가가

눈치채길 기대해 보는 것이다

그런데

소설가가 시인에게 건넨 소설의 제목 또한 「빵」이다

　유명 작가 A의 성공으로 인해, 한국 소설계의 소재는 빵
으로 점령되고 있다 소설가는 훌륭한 소설을 쓰기 위해,

좋은 빵을 만들기 위해 온몸의 털을 깎았다 제목을 보는
순간 시인의 마음은 대야의 물에 넣은 손처럼 꺾여 버린다

　　시인이 소설가의 「빵」을 읽는 동안 소설가는
　　컵 사이즈에 비해 과한 메리 딸기 크림 스무디의 휘핑크
림을 바라본다
　　터무니없군
　　이것은 소설가의 진심이다

　　믿음직하지 못한 딸기 조각들 생크림 위에 얹혀 있는 시
간에

　　흘러내리듯
　　시인은 「빵」을 읽으며
　　소설가의 「빵」은 A의 「빵」과 흡사하다고
　　그러니까
　　내일 먹을 빵을 구하러 간 아이가 내일도
　　내일 먹을 빵을 구하러 나가며 끝나는
　　소설의 구도가 유사하며

그 사이는
터널처럼 어둡고
긴 가마를
줄줄이
통과하는
똑같이 생긴 빵 반죽들의 이야기로
채워져 있다고

착한 빵 반죽들이 지루하게 나열되는 이야기

소설가도 훌륭한 소설을 쓰고 싶어
온몸의 털을 다 깎고서
들키지 않기 위해
한여름에
긴 팔에 긴 바지를 입고 시인을 만나러 나오지 않았는가?

어젯밤 「빵」을 읽으며 시인이 밑줄 친 문장은 다음과
같다

빵은 잘 상하지 않는다 아주 오래 혼자 두지 않는 한 빵은 쉽게 속이 상하지 않으며 빵은 어디를 뜯겨도 표정 없는 평범한 단면을 보여 준다

그녀의 마음은 그녀의 마음에도 있고 「빵」에도 있고 「빵」에도 있다 어딜 뜯겨도 같은 마음이므로
소설이란 건
이야기란 건
하나면 족하다고,
무의식에는 있지만 진심은 아닌 그 말을
시인은 내뱉지 않는다
그녀와 그녀 사이에 놓인 메리 딸기 크림 스무디의 크림이
무너질 듯한 오후

무너지는 것을 주문할 때 그들은 같은 마음으로 그것을 시켰지만

구름 같은 휘핑크림에 박힌 반쪽짜리 딸기 조각이
그들이 위로받아야 한다는 사실을
암시하기에 좋게 생겼다는

그녀의 마음은 그녀의 마음속에만 있다

뾰루지를 짠다

　뾰루지를 짠다. 왼쪽 콧방울과 볼 경계에 뾰루지가 났
다. 친애하는 너와 아라리오 조각 공원에 소풍을 가기로
했는데. 공원의 느티나무 아래서 포도를 먹기로 약속했는
데. 코 부근에, 몸이 불편해 보이는 홍색 뾰루지가 났다. 터
질 듯 둥글게 부풀었다. 정중앙에 볼록 솟은 흰 점은 고립
된 인공 호수 중앙에 나앉은 정자처럼 불안하게 거기 있
다. 사람을 울리는 방법은 간단하다. 너 우니? 아무에게나
다가가 어깨에 작은 손을 올리고 얼굴을 들여다본다. 녹슨
바늘을 꺼낸다. 바늘 끝을 가스레인지의 푸른 불에 2~3초
정도 달군다. 흰 점을 톡, 찌른다. 흰 점이 얇은 눈을 뜬다.
구멍 사이로 흐느적거리며 흘러나오는 뜻 모를 액체. 티슈
를 뽑아 구멍이 흘리는 눈물을 닦는다. 얼굴을 거울에 갖
다 댄다. 달아오른 주변부를 양손의 검지 끝으로 꾹 누른
다. 다 쓴 치약을 끝부터 둘둘 말아 짜듯 그것을 짠다. 더
이상 액체가 나오지 않는다. 쏟을 눈물이 남아 있지 않다
고 생각했던 사람에게 다 울었니? 하고 물으니, 구멍에서,
뜻밖의 액체가 타다닥 소리를 내며 낮은 높이로 푸식, 솟
아올랐다가 꺼진다. 끈끈하고 반투명한 베이지색 액체. 아
직 피를 보지 않았음을 상기한다. 올 때는 약간의 피를 볼

때까지 울어야 한다. 피에 관해서라면 누구든 집요한 구석이 있다. 피는 끝에 오니까. 나무뿌리처럼 뽑히기 직전까지 땅을 움켜쥐니까. 배다. 작은 어선. 당신은 졸고 있다. 지루하게 돌아가던, 구석의 도르래의 속도가 빨라진다. 당신은 넓은 모자의 끈을 턱에 걸었다. 턱으로 흐르는 검은 액체를 해풍이 말리고 있다. 꾸벅거리며 졸고 있는 당신의 발목에 로프가 묶여 있다. 끝까지 간 로프가 탁, 걸린다. 모자가 배의 옆구리에 걸려 해풍에 날린다. 피를 본다. 티슈를 한 장 더 뽑는다. 닦는다. 피는 맑다. 피는 부드럽다. 피는 바보다. 피는 움켜쥔다. 여기가 마지막이라는 것을 안다.

아파트

만 명 중 한 명의 배에서 꼬르륵 소리가 났다

천 명 중 한 명의 배에서 꼬르륵 소리가 났다

백 명 중 한 명의 배에서 꼬르륵 소리가 났다

열 명 중 한 명의 배에서 꼬르륵 소리가 났다

한 명 중 한 명의 배에서 꼬르륵 소리가 났다

그릇을 깼다

큰 산이 보인다

이십이 층에서 뛰어내렸다

식탁 위 침묵

각진 식탁 위 포크와 나이프를 양손에 쥔 〈안 좋은 일〉
과 맞은편에 앉은 〈아직 일어나지 않은 안 좋은 일〉이 눈
싸움을 하고 있다

안 좋은 일: 나도 사람이다

아직 일어나지 않은 안 좋은 일: 나도 사람이다

-오!-

좋은 작품은 아직 일어나지 않은 안 좋은 일을 혼자만
알고 아무에게도 가르쳐 주지 않았다

시인과 돼지

돼지가 죽어 가고 있다 시인은 돼지를 키우기 때문에 돼지시를 쓴다 시인은 돼지에게 건초를 깔아 주고 돼지를 씻겨 주며 돼지와 함께 잔다 돼지는 죽을 때가 가까웠으므로 부엌에서 종종 울고 밤에 나가 밤에 들어온다 돼지는 울지 않아도 몸이 퉁퉁 부어 있으며 몸이 크기 때문에 크고 곤란한 꿈을 꾼다

돼지는 죽을 때가 되었다 시인은 친구를 사귄 적이 없고 오직 돼지와 살았다 시인은 돼지 크기의 감정을 느끼며 돼지 크기의 시를 쓴다 돼지는 시라고 하기엔 좀 크다, 는 생각은 하지 못했다

돼지가 죽어 가고 있다 돼지와 시인은 냇가에 간다 시인은 돼지의 죽음을 모른다 그러나 죽음이 누구에게나 비슷하다는 것을 시인은 안다 죽음은, 원피스 뒤에 달린 지퍼처럼 본인은 손이 닿지 않지만 남에게는 쉬운 것이라고, 시인은 시에 쓴다 도움이 필요한 돼지는 시인을 올려다본다

나를 도와줘

숨이 막히니 지퍼를 내려 달라는 돼지를 보며 시인은,
돼지는 태어나서 죽을 때까지 몸이 빵빵하다,
고 시에 적는다

돼지가 죽어 가고 있다 빵빵한 것은 뭐든 참고 있는 것
같다고 시인은 생각한다 돼지는 땀을 흘린다 어스름이 지
는 냇가에 앉아 그들이 날마다 하던 놀이를 한다

시인은 돌을 던지고 돼지는 본다
수면에 동심원이 생긴다
동심원에는 그보다 작은 동심원이
작은 동심원에는 더 작은 동심원이
작아서 어딘가에 속하기 알맞은 동심원이
줄줄줄
생긴다
작아지고 작아지는 것을 본다
계속해서 작아지다 보면 안전하게 사라질 수 있다,
고 시인은 시에 쓰지 않는다

냇가에서 돼지보다 큰 것은 없다 죽어 가는 돼지는 작은 것들을 바라본다 작은 돌과 작은 새들 풀잎보다 작아서 풀잎에 속할 수 있는 작은 이슬과 몸을 마는 벌레들을 돼지는 죽어 가고 있다 모기가 돼지 등에 앉는다

모기는 모기 크기만큼 죽고 돼지는 돼지 크기만큼 죽는 거야, 모기보다 돼지가 더 많이 죽는 거야,

라는 문장을 시인은 시에 쓴다

돼지가 죽어 가고 있다 시인은 친구가 없어 돼지에 관해서만 쓴다 돼지는 곧 죽는다 시간이 흐른다 그러나 시간은 무릎에 올려놓은, 깍지 낀 손처럼 누구에게나 무심하다는 말을 시인과 돼지는 함께 떠올린다

돼지를 본다 솔직한 엉덩이에 달린 짧고 명랑한 돼지 꼬리를 보며 시인은 운다 죽어 가는 돼지는 슬프다고 말하는 대신 여섯 개의 젖꼭지를 바닥에 내려놓으며 주저앉는다 돼지 배에 깔린 풀들은 따뜻할 거야, 시인은 그런 글귀 정도는 시에 적을 수 있다 돼지는 슬픔의 전부를 느끼진 못

하지만 슬픔의 한 부분을 느끼며 눈을 감는다 돼지는 죽
고 시인은 쓴다 죽어서도 몸이 줄지 않는 것들에 관해서만
시인은 썼다

정체성

아무 책 한 권 골라 집는다 도서관은 조용하고 조명이 밝다 사서는 날마다 하늘나라색 와이셔츠를 입고 카운터를 지킨다 도서관 사서가 매번 같은 색 와이셔츠를 입어서 오늘과 어제가, 어제와 엊그제가, 어제와 내일모레가 구분되지 않는다

나는 책을 한 권 더 집어 든다 죽은 아빠가 조각 공원 구석 바위에 앉아 편의점 죽을 떠먹는 내용이다 튼튼하지 못한 투명 플라스틱 숟갈로 죽을 떠먹다 바위에 죽을 흘렸다 이야기가 끝난다 다른 책을 펼치면 바위가 죽을 마저 흘리고 있다

나는 정신적 다이어트가 필요해 날마다 책을 읽는다 모든 책의 내용이 같아질 때까지 책을 읽는다 도서관 사서가 같은 옷을 입어서 어제 읽은 슬픈 이야기와 오늘 읽은 행복하지 못한 이야기가 구분되지 않는다

서로 등지고 앉아 책을 읽는 나와 어느 사내는 경쟁적으로 한숨을 쉰다 네 한숨 소리가 도서관의 소중한 고요를

망치고 있다며 한숨으로 눈치를 준다 네가 망치고 있다 아니, 네가 망치고 있다, 고 그도 눈물이 없어, 남이 흘리던 죽으로 죽눈물을 흘리는 바위 이야기를 읽고 있는가? 이봐요, 그러나 한숨을 쉬는 것은 내가 아니라 내 안의 어린이가 아닙니까

가진 것이 명색 고무풍선뿐인 어린이는 할 일이 없어 풍선을 분다 터지기 직전까지만 불고 천천히 바람을 빼고 있다 그 바람을 모아 내가 한숨을 내쉰다 풍선이 터져 버리면 아이는 가지고 놀 장난감이 없다 어제의 나와 오늘의 내가 구분되지 않아서 풍선은 명색을 유지한다

사람 대신 바위가 우는 책을 읽으며 우리는 동일한 정체성을 유지한다 우리는 알아요, 풍선을 터뜨리면 더 이상 숨을 참을 필요도, 숨으로 분풀이할 필요도, 사람이 죽어가는 책을 읽을 필요도 없다는 걸요

사내는 책을 탁, 덮는다 방금 누군가 나를 포기했다

포크는 방울토마토를 찍기에 알맞은 도구인가

어린이는 어린이와 프렌치 레스토랑에 간다 어린이의 맞은편에 앉은 어린이는 눈이 크고 흰자가 맑다 식탁 다리는 긴 식탁보로 가려져 있다 다리가 바닥에 닿지 않는다 어린이는 발이 닿지 않는 곳을 바다라고 생각하기로 한다 편평한 사기그릇에는 방금 씻은 방울토마토가 여러 알 놓여 있다 맞은편 어린이가 포크를 떨어뜨리기 시작한다

어린이는 맞은편 어린이를 본다 눈이 맑은 어린이 뒤로 눈이 맑은 어린이들이 무수히 서 있다 똑같이 생긴 종이 인형 열 장이 겹쳐 있는 종이 인형처럼 한 명을 펼치면 줄줄이 열 명이 손을 잡고 펼쳐지는 종이 인형처럼 눈이 맑은 어린이가 포크를 떨어뜨리자 그 뒤의, 눈이 맑아서 무서운 어린이들이 파도처럼 흔들리고 그중 하나가 튀어나와 바닥에 떨어지기 전에 포크를 낚아챈다

포크가 떨어지면 흰자밖에 없는 어린이 하나가 촛대와 냅킨을 허공으로 내동댕이치고 그것을 그 뒤의 어린이가 부케처럼 받는다 대형에서 뛰어나간 어린이가 포크를 구한다 돌아와 한쪽 팔을 직각으로 접고 그 위에 냅킨을 걸친

다 왼손으로 작은 촛불이 일렁이는 촛대를 든다 어린이는 포크는 방울토마토를 찍기에 알맞은 도구일까, 생각하는데

　방울토마토는 참 둥글지 동그래서 또렷하지 또렷한 것은 포크로 찍고 싶지 어떤 방향에서도 위험이 닥칠 가능성이 동일해 구형이 된 바다 생물 그리고 방울토마토 오래된 바다 물살에 흔들리며 이리저리 떠다니는 단세포 생물과 방울토마토를 포크로 찍는 일이 얼마나 오래된 일인가 사방으로 튀는 멍청함 식탁 위 방울토마토는 전후좌우를 두리번거린다 누군가 나타날 확률이 동일한 사방 사방을 동일한 비율로 두리번거리는 방울토마토에 대해

　바닥에 닿지 않는 높이가 발아래 흐르는 바다를 만든다 맞은편 어린이가 끊임없이 포크를 떨어뜨린다 맞은편 세계에는 과묵한 방울토마토와 포크를 구하는 어린이들이 산다 어디에 앉아도 맞은편이 생긴다면 어디에 앉아도 누군가의 맞은편이 되고 만다면 몸을 둥글게 말아 버리고 빨개지겠어 어린이는 포크로 찍는다 사방으로 튄다

그녀들

앙뚜안, 스트라인스, 지말은 책에서 다음과 같은 구절을 읽었다

사람은 두 부분으로 구성된다
영혼 그리고 육체

그녀들은 생각했다

지말이 외친다
사람은 문 열린 새장 그리고 날아가 버린 새로 구성된다

스트라인스가 걸음을 멈춘다
사람은 하나의 지팡이와 그 지팡이에 얻어맞는 파리의
총합이다

앙뚜안이 손을 든다
사람은 두 부분으로 이루어져 있지
자신의 손가락과 그 손가락으로 가리키지 않은 모든 것

그들은 책을 덮고 집으로 갔다
집은 언제 제정신으로 돌아오는가?

여름, 슬픔에 인색한 계절에
그녀들은 그런 물음은 던지지 않는다

택하는 방식

버섯이 자란다
믿을 수 있을까
냄새가 심해 기억은
화장실에서는 일기 쓰지 말자
비 오는 날 자동차 헤드라이트
비치는
길지 못할 빗금들
옷 없는 옷걸이
밥 먹지 않는 돌멩이
구르는
대머리
버섯은 죽은 나무와 쓰러진 나무 그루터기에 모여
자라는데
졸각 버섯은 왜
목숨을 끊으려 할까
버섯 전문가가 아닌 인간이 버섯에게 마음을 품고 있다
버섯은 왠지
폭발을 잘할 것 같아
버섯과

나는
꿈꾼다
두 다리는 현실에서 아등거리는
눈썹
은
측면에서만 보인다
사랑이 식은 자는 옆모습밖에 보여 주지 않으니까
변기 위에서 일기를
쓰자
그림을 그리자
세포 모양의 슬픔
세포에게 실망하기
비 오는 날 자동차 헤드라이트가 못 듣는 빗금의 비명에
게 실망하기
옷 입을 줄 모르는 옷걸이는
버섯의 지하 세계
고속 촬영이 희망을 보여 주었다
찌그러지는 버섯의 측면
버섯의 갓을 쓰고 울었다

발생하고 싶다
인간의 무성생식은 인간을 구원할까
버섯의 갓을 뒤집으면 슬프다
일기를 쓰는
무성적 존재에게도
화장지는 꾸준히 필요할 거야
귓속의 빈방에 갇힌 병균의 고독
버섯은 왜 눈썹이 없나

산에 난
잔불을 끄라
삽으로 흙을 파서
작은 물을 묻어 주어라
얼굴이
보이면
부드러운 흙으로 덮어라

책기둥

　도서관에 간다. 밖에서 볼 땐 가로로 긴 직사각형이나 들어가면 첨탑이다. 높은 벽은 거대한 스테인드글라스 창을 달았다. 너무 큰 창은 벽을 약하게 하며 창은 지나가는 것을 모두 수긍해 버린다는 나의 생각이 틀렸다고, 도서관 사서인 에드몽 자베스는 말한다.

　에드몽이 쓴 글라스의 왼쪽 알에 달린 얇은 줄이 어깨까지 드리운다. 이곳은 천장이 아주 높다, 생각하자 책을 높이 쌓아야 하니까, 에드몽이 대답한다. 그는 램프의 뚜껑을 열어 기름을 채운 뒤 촛불을 켠다.

　서가에는 책만이 있다. 책은 기둥 모양으로 쌓여 있다. 그 주변을 난쟁이들이 서성인다. 난쟁이들은 허리를 굽히고 고개를 가로로 비틀어 책의 제목을 살핀다. 책기둥의 가장 아래쪽을 살핀다. 읽고 싶은 책은 늘 기둥의 가장 아래쪽에 있다. 나는 읽고 싶은 책을 머릿속으로 떠올린다. 그러자 그 책은 기둥의 가장 아래에 위치한다.

　책기둥들은 어디론가 기울었다. 나는 기울어진 건물을

떠올린다. 피사의 사탑과 같이 똑바로 서지 못한 것들에 사람들은 환호한다. 언제 쓰러질지 모르는 것이 주는 감동은 책기둥이 주는 그것과 유사하다. 기우는 것은 어디론가 편향되니까. 겉은 꼿꼿하나 안은 어디론가 치우친 인간의 몸을 떠올린다. 심장은 왼쪽으로, 간은 오른쪽으로 치우쳐 있으므로 사람은 똑바로 걷는다. 기울어진 건물은 내부에 벽으로 치우쳐 자는 사람을 기른다, 는 내 생각을 읽은 에드몽이 나 대신 내 생각을 말한다.

그는 지팡이로 바닥에 널브러진 장서들을 옆으로 치우며 길을 만든다. 이따금 난쟁이들의 숱 없는 작은 머리를 지팡이로 내려친다. 난쟁이들이 독서에 집중하지 않아서, 라고 말하는 그는, 책기둥에 등을 대고 앉아 책에 푹 빠진 난쟁이들만을 골라 때린다.

난쟁이들이 책기둥을 무너뜨리고 원하는 책을 얻는다. 다시 기둥을 쌓는다. 난쟁이들은 책을 때리고 책을 향해 침을 뱉고 욕설을 퍼붓는다. 그럴 만도 하다, 고 나는 생각한다. 책은 무례하니까. 책은 사랑을 앗아 가며 어디론가 사람을 치우치게 하니까. 벽만 바라봐서 벽을 약하게 만드니까. 벽에 창문을 뚫고 기어이 바깥을 넘보게 만드니까.

　난쟁이들은 맨 아래 깔린 책을 얻기 위해 기둥을 무너뜨린다. 책은 쌓여 기둥이 된다. 기운다. 치우친다. 쏟아진다. 다시 쌓인다. 맨 아래 깔린 책을 읽으면 그 위에 쌓인 모든 책을 다 읽은 거나 다름없다고, 그 한 권의 책은 그 위에 쌓인 책들을 집약한다, 는 나의 생각이 안일하다고 에드몽은 꾸짖는다. 햇살이, 몇 가닥 되지 않는 얇고 구불구불한 난쟁이들의 머리칼에서 반짝인다. 빛이 그들의 오래된 생각을 때린다. 난쟁이들은 이제 지친 게 아니겠냐고 생각하는 내가 아직 책을 덜 읽었다, 고 에드몽이 말한다.

기기묘묘 나라의 명랑 스토리텔러

박상수(시인·문학평론가)

1 명랑 예찬으로 시작합니다

진지한 사람만큼이나 명랑한 사람을 좋아한다. 문보영 시인을 만나 본 적은 한 번도 없지만 어쩐지 더 알고 싶다는 생각을 하게 된 것은 민음사 블로그에서 본 〈김수영 문학상〉 수상 소감 때문이었다. "사람들은 시가 쓸모없다고 말하는데 그 말은 기분 좋은 말입니다. 저는 평소에 제가 쓸모없는 인간이라는 생각을 자주 하는데, 내가 아무리 쓸데없어 봤자 시만큼 쓸모없겠냐 싶고 그런 생각을 하면 저절로 기분이 좋아지기 때문입니다."라는 문장을 읽으며 나는 오랜만에 깔깔 웃었다. 무용해서 인간을 억압하지 않는다는, 시에 대한 오랜 믿음이 버전을 달리해서 이렇게 출현

169

할 줄은 몰랐다. 무얼 해도 시보다는 낫다, 라고 싱긋 웃을 수 있는 시인을 알게 되어 즐거웠고 쓸모없는 시를 가지고 시인은 과연 무엇을 할까, 생각하니 어쩐지 묘한 신뢰감이 생겼다.

그러나 너무나 이상한 일이 아닌가? 등단 일 년여 만에 50편의 시를 모아 상을 받았으니. 뭐예요, '열심'과는 거리가 먼 줄 알았는데…… 당신에게 실망했어요, 라고 말해주어야 할까. 그보다는 '이처럼 쓸데없는' 시를 '이처럼 열심히' 쓸 수 있었던 '즐거움'이 무엇인지 궁금해지고 말았다. 흥얼거리며, 가끔은 골똘해지며, 시집 원고를 몇 번 읽고, 이리저리 제목을 상상하게 되자 이번에는 시작도 하지 않은 해설을 다 쓴 것처럼 혼자 좋았고 몸이 스르르 풀렸다. 그렇다. 마치 허공에서 미묘하게 흔들리다 바닥에 내려앉는 한 가닥의 오리털처럼(「오리털파카신」), 이 신기하고 독특한, 조금은 슬픈 이야기의 나라로 들어설 때 우리는 몸과 마음의 긴장을 조금 풀어놓아도 좋겠다. 들어갈 때 그런 마음이 아니라면 나올 때는 분명 그 마음이 되리라. 이것저것 모든 것을 할 수 있을 것 같았지만 결국 아무것도하지 못하는 우울이 출발점이라면 오히려 "사람들은 손잡이가 없다는 이유로 다른 사람을 문으로 생각하지 않는데 시를 쓸 때만큼은 사람의 무릎이나 겨드랑이 아니면 허벅지에 난 점 따위에 달린 작은 손잡이가 보이며, 열릴 리 없지만 왠지 열고 싶다는 느낌을 받습니다."라는 수상 소감에 귀가 오목해지지 않을까. 점에 난 작은 손잡이라니. 이 귀엽고도 엉뚱한 몽상가라니. 여기 뭔가 재미있는 일이 벌어지고 있어요! 지금부터 문득 발견한 까만 점, 거기에 달린 손잡이를 열고 들어가는 문보영의 기기묘묘한 모험을 따라가 보자.

2 '개가 먹은 귀'와 '모자를 쓴 뇌'를 보라

이를테면 나는 "거리 한복판이다 사랑하는 사람 S에게서 몹쓸 소리를 들은 Z의 두 귀가 땅바닥에 떨어졌다 지나가던 개는, 순간을 놓치지 않고 Z의 두 귀를 주워 먹었다 Z의 두 귀는 Z보다 먼저 죽어 천국에 도착했다"(「지나가는 개가 먹은 두 귀가 본 것」)는 구절이나 "애인이 떠날 때 뇌를 두고 떠났다 갈아 마실 수도 있겠다 인간의 뇌를 살펴보고 만져 본다 노랑 가발을 씌워 보고 눈을 감겨 보고 따뜻한 물에 담가 본다// (중략)// 뇌는 태연히 거실의 가죽 소파에 앉아 있다"(「뇌와 나」)와 같은 문장을 심상하게 던져두고 시적 상황을 만들어 나가는 능청스럽고 과감한 설계 능력에 놀란다. 귀와 뇌라니. 개에게 먹힌 귀와 가죽 소파에 앉아 있는 뇌라니. 이것은 다분히 니콜라이 바실리예비치 고골스럽기도 하고, 또 어떤 면에서는 에드거 앨런 포를 연상시키지 않는가. 사실 따뜻한 서정시, 혹은 감각적인 현대시를 기대하는 사람에게 문보영의 서사 중심 전략은 무척이나 낯설 수도 있다. 최근 우리 시단에 이렇게 특이한 상상력을 선보인 젊은 시인이 있었던가? 게다가 매 시편 요약이 쉽지 않을 정도로 독특하고 변화무쌍한 이야기 전개가 인상적인데, "풍성한 시적 장치를 동반하는 기획력"이라는 김언 시인의 심사평은 그래서 고개가 끄덕여지는 적절한 말로 들린다.

그러나 문보영의 시가 현실을 암시하는 알레고리의 형태로 늘 확장된다기보다는, 조금씩 그런 분위기를 풍기기는 하지만, 오히려 상당수의 경우 미완결의 사소함으로 남는다고 말하는 편이 옳겠다. 예로 든 두 편 모두 흥미롭지만 이야기의 정리가 조금 손쉬운 전자의 이야기를 따라가 보자면 이렇다. 여기 S와 Z가 있다. 사랑하는 S에게 몹쓸 소리를 들은 Z는 충격으로 귀가 떨어졌고(상처받은 감정을 기묘한 서사로 풀어내는 문보영 시의 특징이 여기서 시작된다.), 하필이면 그 귀를 지나가던 개가 먹었는데 이제 Z는 개의 배에서 나는 소리를 평생 들어야 한다. 한편 귀는 죽은 것이므로 영혼이 천국에 가는데 거긴 천사들이 죽은 이의 심장을 동글게 굴려 재활용하는 곳이며, 천국에서 귀의 시점으로 지구를 보니 지구는 불 꺼진 도서관 모퉁이 자판기에 달린 동전 반환구 모양일 뿐이다. 뿐만 아니라 천국도 지구와 별 다를 바 없이 평범하며, 다시 지구로 와서, 생전에(지금은 여기 없는) 아버지는 무신론자로서 인간을 구원하지 못하는 신의 무능을 지탄하는 사람이었지만, 천국에 간 영혼으로서의 귀가 생각하건데 신도 사실은 비가 오면 옥상에 널어놓은 빨래를 걷으러 갔다가 '런닝구'를 떨어뜨리고 오는 평범한, 인간만큼이나 인간적인 존재에 불과하다. 이 모든 서사의 끝에 "나는 약간 죽은 사람입니다,/ 라고 말하기 위해서는 누구든/ 어느 정도의 보이는 상처가 있어야 했다"는 구절이 따라온다.

군이 해석을 더해 의미 있고 완결된 이야기로 만들자면 못할 것도 없지만 꼭 그렇게 다물려지지는 않는 기묘한 이야기의 전개이다. 시적 화자는 결코 상처가 없는 사람이 아니지만, 그 상처를 정서적인 표현이나 전통적인 비유의 회로를 따라 출현시키는 것이 아니라 어찌 보면 허무맹랑한, 그만큼 독특한 이야기를 축적하여 폭넓게 해소시키고 넉넉하게 가시화하는 방식으로 담아낸다. 감정의 유출이나 해소는 이야기로 지연되면서 동시에 이야기를 통해 슬며시 제시되거나 문득 잊힌다. 상처 때문에 정말 아프다기보는 자신에게 있는 상처가 진짜인지 실감할 수 없는 기분으로, 그러나 저에게도 상처가 있어요, 라고 알리기 위해 이 정도로 상처를 드러낸다는 식의 신기한 발상법이다. 심지어는 죽음을 그릴 때조차도 정서적 몰입과 강력한 긴장감보다는 이상한 악몽과 픽션, 현실이 뒤섞이면서 뭔가 나른하게 공허하고 조금 어두운 정도로만 이야기의 긴장이 조율된다. 그러니까 문보영의 시적 서사에는 예의 수상 소감에서와 같이 '똑 떨어지는 명랑함'이 있는 것이 아니라 뭔가 어둡고 쓸쓸한, 그럼에도 기존의 서정시가 간직하고 있는 무게보다는 상대적으로 가벼운, 어떤 '쓸쓸하게 애쓰는 명랑함' 같은 것이 있어서 그것들이 서사 구조의 설계도를 따라 훈증처럼 스며들어 있다고 할 수 있겠다. 이쯤 되면 궁금해지지 않을 수 없다. 기기묘묘한 이야기의 발명을 추동하는 힘은 무엇일까? 어째서 그녀의 이야기에는 이상한 '공허'와 '권태' 같은 것이 느껴질까?

3 세계가 도서관이라면, 어떤 기분일까

우선적으로 생각해 볼 수 있는 것은 바로 '일상의 무료함'이다. 문보영의 시적 화자에게 일상이란 도서관에 가서 하루 종일 책을 읽는 일처럼 재미없는, 고요함의 반복이다.

아무 책 한 권 골라 집는다 도서관은 조용하고 조명이 밝다 사서는 날마다 하늘나라색 와이셔츠를 입고 카운터를 지킨다 도서관 사서가 매번 같은 색 와이셔츠를 입어서 오늘과 어제가, 어제와 엊그제가, 어제와 내일모레가 구분되지 않는다

나는 책을 한 권 더 집어 든다 죽은 아빠가 조각 공원 구석 바위에 앉아 편의점 죽을 떠먹는 내용이다 튼튼하지 못한

투명 플라스틱 숟갈로 죽을 떠먹다 바위에 죽을 흘렸다 이야기가 끝난다 다른 책을 펼치면 바위가 죽을 마저 흘리고 있다

(중략)

사람 대신 바위가 우는 책을 읽으며 우리는 동일한 정체성을 유지한다 우리는 알아요, 풍선을 터뜨리면 더 이상 숨을 참을 필요도, 숨으로 분풀이할 필요도, 사람이 죽어 가는 책을 읽을 필요도 없다는 걸요

사내는 책을 탁, 덮는다 방금 누군가 나를 포기했다

——「정체성」에서

사실 나는 이 시를 논리적으로 이해하기보다는 직관적으로 이해한다. 지금도 가장 많이 찾는 곳이 도서관이지만 (그래서 가족들에게 놀림을 받는다. 나는 평생 도서관을 못 벗어날 것 같다. 맙소사.) 사회와의 유의미한 접촉면을 거의 갖지 못한 채로 오로지 도서관과 집만을 오가며 일상을 지속하던 어떤 시절에는 이상하게 현실감이 사라지면서 모든 것이 차이를 잃어 가는 경험을 한 적이 있다. 도서관이라는 공간 자체가 어제와 오늘이 고인 물처럼 잔잔하게 되풀이되는 곳이다. 아무리 신기한 이야기가 담긴 책을 읽어도 그것은 그대로 하나의 픽션일 뿐, 현실이 바뀌거나 세계가

전환되는 체험과 곧바로 연결되기도 힘들다. 책에서 조금만 눈을 돌리면 무료한 사람들이 무료한 표정으로 책을 읽고 있는 똑같은 풍경이 나른하게 펼쳐진다고 할까. 도서관 사서의 와이셔츠 색깔이 늘 같고, 내가 읽던 책의 스토리가 다른 책을 읽는 데도 이어져서 전개되고 마는 것이다. 아무리 세상에 많은 사건이 발생해도 그것 또한 먼 나라의 이야기일 뿐. 차이가 무화되는 극단적 무료함의 세계 체험. 문보영의 시적 화자가 드러내는 현실감과 세계감은 현재로서는 바로 이 대목에서 형성되는 것 같다.

문제는 이런 '현실-세계 감각'을 그대로 수긍해 버린다면 자신 또한 무화되어 사라질 것 같은 기분에 빠진다는 것이다. 말 그대로 깊은 공허와 무의미한 권태의 세계. 이대로 "사람대신 바위가 우는 책을 읽으며" 일상의 반복을 반복해야 하는 걸까. 여기서 벗어날 수 있는 방법이 과연 있을까? 인용 시에 포함하지는 않았지만 "가진 것이 멍색 고무 풍선뿐인 어린이는 할 일이 없어 풍선을 분다 터지기 직전까지만 불고 천천히 바람을 빼고 있다 그 바람을 모아 내가 한숨을 내쉰다 풍선이 터져 버리면 아이는 가지고 놀 장난감이 없다 어제의 나와 오늘의 내가 구분되지 않아서 풍선은 멍색을 유지한다"(「정체성」)는 구절이 나에게는 인상적으로 다가온다. 시적 화자는 '풍선 불기', 즉 '허풍스러운 이야기 만들어 내기'를 통해 일상에 차이를 만들어 낸다, 라고 조심스럽게 말할 수 있지 않을까.

중요한 것은 이야기의 메타포로 보이는 풍선이 '색색깔'이 아니라 '멍색'이라는 점이다. '멍색'이라는 말 자체가 흥미로운데, 멍이 들어 있다는 것은 어쩐지 시적 화자 스스로가 자기 풍선의 한계를 명백하게 알고 있다는 말로 들린다. 그러니까 모험이 사라진 세계에서 일상을 견디며 살아야 하는 권태로운 시적 화자는 자신이 만들어 낸 이야기에 도취하여 그 이야기를 따라 신나게 달려간다기보다는 그것이 가짜임을 알고 있는 상태에서 조금은 느릿하게 움직인다고 할 수 있다. 뭔가 정말로 말해야 할 것을 놓아두고 그 옆에 있는 사소한 포인트에 초점을 맞추어 그것을 과학적이고 논리적인 수식을 쌓아 나가는 방식으로 전개시킨다 해도 좋겠다.

당연히 이런 말도 가능해진다. 문보영의 시적 화자가 만들어 내는 이야기는 기이하고 허무맹랑하지만 일상적이며, 거대한 이야기라도 일상의 매우 사소한 것들과 만나는 방식으로 끌어내려진다. 즉 그녀의 이야기들은 신기하고 매력적인 완결된 가상을 추구하여 저기 먼 어딘가로 움직여 간다기보다는 구멍나고 빈틈이 있는 맥락들을 매력적인, 때로는 비약이 많고 비논리적인 가상과 결합시켜 현실로 끌어내리는 쪽에 방점이 찍혀 있다. 그러다 보니 충분히 완결된 환상의 매혹으로 나갈 수 있는 이야기조차 이상하게 미완결된 상태로 중화되어 버린다. 게다가 "누가 나를 찍어 놓고 자세히 관찰하고 있다는// 놀랍고도 음산한 점이 어떤 공간을 의식하고 있는"(「∟.」) 것과 같은, 자신이 무언가 초월적인 힘의 무력한 마리오네트 인형이 아닌가 하는 환상에 빠져들기도 한다. 이런 맥락의 이야기들은 대체로 미완으로 남기에 꿈속의 어떤 장면을 받아 적은 것일까, 싶은 생각이 들기도 한다. 어떤 독자들은 분명 이런 대목에서 고개를 갸우뚱할 수도 있겠으며 또 어떤 사람은 뭔가 이야기가 더 있어야 하지 않을까 아쉬움을 느낄 수도 있겠다.

또한 그녀는 신에 대해 말하기를 즐기지만, 그것은 어쩐지 자기 이야기의 한계를 끊임없이 일깨우는 메타적 시선에 자리한 화자의 또 다른 인간적 분신 같아서 완전한 신의 형상을 구현한다기보다는 인간만큼이나 별 볼 일 없는, 다만 조금 특이한 존재로 그려질 뿐이다. 문보영의 시적 화자는 끊임없이 무언가를 말하지만, 그 말을 다시 점검하는 메타 장치를 가동하여 관찰자의 관점에서 자기 발화와 행위를 한 번 더 들여다본다. 이것이 묘하게 이야기를 향한 몰입을 지연시키며 곁가지를 만들어 낸다. 만약 신을 그 최종 지위에 있는 관찰자라고 한다면 신의 절대성이 강조될 것 같지만 그렇지도 않은 것이 그녀의 작품에서 신은 세계에 입장하는 이들에게 "코스트코 빵"(「입장모독」)을 나눠 주는 존재일 뿐이다. '신'과 '코스트코 빵'이라니! 신화와 일상, 최대의 관념과 가장 사소한 물건을 결합시키는 이와 같은 상상력은 어쩐지 진지함의 기운을 빼놓으려는 명랑의 습격처럼 느껴진다. 자신이 만들어 낸 존재조차 믿지 못하는 신이 있을 수도 있겠지만, 그것이 인간 구원과는 상관없는 일일 거라는 이 이야기는 '권태로운 명랑함' 혹은 '명랑하지만 어쩔 수 없는 공허와 권태로움'을 증명하는 사례로 읽힌다.

4 차이가 무화된 의미 없는 세계, 시를 써서 현실을 조달하라

그럼에도 불구하고 문보영의 능청스러운 상상력은 늘 좌충우돌 흥미로운 풍경을 만들어 낸다. 나는 여기에 문보영의 개성이 있다고 생각한다. 이들은 하나의 완결된 의미로 묶인다기보다는 그 과정의 흥미로운 전개 과정을 즐기는 것으로 제 몫을 다한다. 나는 이번 시집을 읽으며 바슐라르가 쓴 "말이란 잔가지가 되려는 싹이다. 그러니 글을 쓰면서 어떻게 꿈을 안 꾼단 말인가."라는 문장의 의미를 몽상의 차원이 아니라 엉뚱함과 명랑함의 차원에서 이해할 수 있었다. 문보영의 시를 읽으며 우리는 끊임없이 잔가지를 뻗어 가는 말의 싹을 만나고, 잔가지가 줄기로 변해 가는 이야기를 따라가며 기기묘묘 흥미로운 꿈을 꾸지 않을 수가 없게 되는 것이다. "시는 관측된 현상을 최대한 단순하게 설명하는 자연의 모형을 만들고 시험하면서 발전한다"(「과학의 법칙」)와 같은 문장은 이에 대한 적절한 모델링의 사례처럼 느껴진다. '관측-모형-가설-실험-발전-기록'이라 도식화해도 이상할 건 없다('리얼리티 검증'혹은 '일반 현실 암시력 측정' 단계가 빠진 것은 물론 아쉽다).

예를 들어 이번 시집은, 세상에 존재하는 모든 책을 다 읽어 버리면 더 이상 읽을 수 있는 책이 없을까 봐 책 읽기를 그친 사람을 위해 도서관 모든 책의 1권을 쇠사슬로 묶어 지하 창고에 숨기는 이야기(「호신」), 단체 사진을 찍으려고 모였으나 브래지어 없이 헐렁한 면티를 입어 그걸 감추기 위해 곱사등인 채로 고개만 내밀다 보니 얼굴이 가장 크게 나온 사람의 이야기(「얼굴 큰 사람」), 문고리를 잡은 채 주저앉아 우는 엄마가 나타난다면 연분홍 돼지 엉덩이를 떠올리고 누구에게도 자기 의견을 내놓지 않고 자존심이 없어서 비도 맞지 않는 돼지 엉덩이에 대한 이야기(「슬플 땐 돼지 엉덩이를 가져와요」), 죽은 아이를 기리기 위해 만나기로 약속한 친구들이 약속한 4번 출구로 나가지 않고 모두 다른 경로의 다른 생각 끝에 고스란히 3번 출구에 함께 모이게 되는 독특한 이야기(「출구가 아닌 곳에 모인 어린이들」), "에스컬레이터에 탄 사람들은 모두 탈모를 겪고 있으며 앞사람은 그 앞사람의 허전한 부위를 머리카락으로 덮어 주고 그 앞사람은 그 앞사람의, 그 앞사람은 앞사람의 빈곤한 부분을 얼마 없는 머리칼로 덮어 주고 있다"(「공동창작의 시」)와 같은 독특한 이야기로 가득하다. 이것들은 진지한 성찰이나 깨달음의 전언으로 집중된다기보다는 일찌감치 그런 열망을 접고 그야말로 모형-가설-실험-발전의 경로를 따라 우리를 웃게 만들어 버리는 흥미로운 장면들로 남는다. 앞선 시들과 또 다르게 현실 암시의 맥락이 살아 있는 시를 꼽자면, 아마도 다음의 작품일 것이다.

시인과 소설가는 메리 딸기 크림 스무디를 한 잔 시킨다 소설가는 눈 코 입 없는 작은 악어 ─ 꼬리가 조금 벗겨진 ─ 인형이 달랑거리는 가방에서 어제 완성한 소설을 꺼낸다 시인은 늘 편지처럼 그녀의 소설을 받아 읽는다

시인도 그녀에게 줄 것이 있다
그녀가 어제 읽은 유명 작가 A의
단편소설 「빵」

그녀가 하고 싶은 말은 A가 다 했다 따라서 시인은 자신의 마음이 궁금할 땐 「빵」을 꺼내 읽었으며 마음을 잊고 싶을 땐 「빵」을 침대 아래 던져 두었다

「빵」은 빵에 관한 소설이다

(중략)

그런데
소설가가 시인에게 건넨 소설의 제목 또한 「빵」이다

(중략)

시인이 소설가의 「빵」을 읽는 동안 소설가는
컵 사이즈에 비해 과한 메리 딸기 크림 스무디의 휘핑크림
을 바라본다
터무니없군
이것은 소설가의 진심이다

(중략)

그녀의 마음은 그녀의 마음에도 있고 「빵」에도 있고 「빵」에
도 있다 어딜 뜯겨도 같은 마음이므로
소설이란 건
이야기란 건
하나면 족하다고,
무의식에는 있지만 진심은 아닌 그 말을
시인은 내뱉지 않는다

—「빵」에서

앞서 살펴본 작품 「정체성」이 '도서관'을 소재이자 배경
으로 삼고 있다면 이 작품은 '글 쓰기'를 그렇게 탐구하고
있다. 어쩐지 이 두 세계는 별다른 구분이 되지 않을 것 같

은 느낌이 든다. 인용 시에서 가장 흥미로운 것은 소설가 친구가 시인에게 건네주는 작품 제목이 「빵」이며, 그것은 실은 시인이 어제 읽은 유명 소설가 A의 단편소설 「빵」과 같다는 점이다. 시인은 A의 소설을 떠올리며 친구 소설가의 글을 읽지만 곧 그것이 유명 소설가 A의 작품과 유사하다는 것을 발견한다. 그렇다면 이것은 명백한 표절이 아닌가! 하지만 중요한 것은 유명 소설가 A의 작품에 오리지널리티가 없다는 점이다. 인용 시로 옮겨 오지는 않았지만 "빵은 잘 상하지 않는다 아주 오래 혼자 두지 않는 한 빵은 쉽게 속이 상하지 않으며 빵은 어디를 뜯겨도 표정 없는 평범한 단면을 보여 준다"(「빵」)는 유명 소설가 A의 문장을 다시 한번 읽어 보아도 이 문장 어디에 새롭고 낯선 즐거움이 숨어 있는지 발견하기는 힘들다. 문보영의 시적 화자가 생각하는, 차이 없는 평면적인 세계의 지루한 느낌처럼 문장은 느리게 이어질 뿐이다. 그렇다면 친구 소설가의 단편소설이 원작을 모방했다고 해도, 과연 그것이 문제적인 사건이 되겠는가? 즉 둘 다 "눈 코 입이 없어 착한 빵 반죽들이 지루하게 나열되는 이야기"에 불과하다면 말이다.

나는 여기서 또 한 번 묘한 무료함과 권태를 감지한다. 즉 문보영의 시적 화자가 펼쳐 내는 세계는 기이하리만큼 알맹이는 텅 비어 있고 진짜와 가짜의 구분이 없으며, 원본과 복제의 차이도 없고, 심지어는 삶과 죽음, 현실과 악몽의 경계가 없는 것처럼 느껴진다. 이처럼 차이가 무화되어 버린 세계에서 산다는 것은 어떤 기분일까? 그 기분을 상상할수록 중요해지는 것이 바로 '이야기'다. "소설이란 건/ 이야기란 건/ 하나면 족하다고,/ 무의식에는 있지만 진심은 아닌 그 말을/ 시인은 내뱉지 않는다"라는 말을 통해 우리가 차이 없는 세계의 반복을 견딜 수 있는 유일한 길은 비록 있었던 무언가의 복제일 뿐이라도, 이야기를 계속 만들어 내는 것임을 알게 된다. 소설(이야기)이란 것은 하나로 족할 수가 없는 것이다. 우리에게 필요한 것은 진실이 아니라 효과다. 비록 그것이 "컵 사이즈에 비해 과한 메리 딸기 크림 스무디의 휘핑크림" 같은 것일지라도, 이야기가 없다면, 혹은 시가 없다면, 차이와 의미를 만들어낼 수 없기 때문에 이야기는 계속 발명되어야 한다. "지구는 돌았다/ 열심히/ 열심히/ 제 몸뚱어리를/ 돌렸다// 끊임없이 현실을 조달받아야 했다"(「역사와 전쟁」)와 같은 문장은 그런 의미에서 의미심장한 말이 된다.

지구는 계속 돌아야 하고 이야기는 계속 만들어져야 한다. 이 말은 다음과 같이 번역될 수 있다. '현실이 있고 그다음에 시가 있는 게 아니라 시가 먼저 발명되어야 현실이 생긴다'라고. 문보영의 시적 화자가 감각하는 현실은 텅 비어 있기에 이야기를 만들어 현실을 조달해야 한다. 천국에서 보자면 지구는 "불 꺼진 도서관 모서리에 우두커니 서 있는 자판기에 달린 반환구 모양"(「역사와 신의 손」)일 뿐이다. 도무지 어떤 새로운 일도 일어나지 않을 것 같은, 재미

없는, 그저 그런 행성인 것이다. 그렇다면 그 안에 살고 있는 모래알 같은 시적 화자는 오죽할까. 이번 시집의 수많은, 그러나 무수히 작은 이야기들을 떠올려 보라. 나는 문보영의 시적 화자가 끊임없이 '색다른 이야기'를 창조하는 이 쓸데없는 시 쓰기에 그렇게 몰두한 이유가 여기에 있다고 생각한다. 차이 없는 세계에서 유일하게 의미를 만들어 내는 길이 바로 문보영에게는 시 쓰기였던 것이다. 앞서 「정체성」이라는 시를 인용하며, 시적 화자가 '풍선 불기', 즉 '허풍스러운 이야기 만들어 내기'를 통해 일상에 차이를 만들어 낸다, 라고 말할 수 있을까 물었던 질문에 이제 답을 얻을 수 있게 되었다. '이야기 만들어 내기'만이 우리를 구원한다. 물론 아주 잠깐이겠지만. 그래도 괜찮다. 아주 잠깐을 계속 반복하면 되니까. 그러면 잠깐은 잠깐의 반복으로 그 잠깐을 지속할 수 있으니까.

5 맨 아래 책을 읽으면 그 위에 쌓인 모든 책을 읽은 것

기기묘묘(奇奇妙妙) 나라의 명랑 스토리텔러 문보영. 이 흥미로운 '이야기-시집'을 만들었으니 이제 잠시 도서관을 나와도 괜찮지 않을까요, 라고 말해 주고 싶지만 여전히 도서관에 붙들려 있는 나 같은 사람이 그런 말을 한다는 것이 부끄러워 발그레해진다. 게다가 문보영은 "난쟁이들은 책을 때리고 책을 향해 침을 뱉고 욕설을 퍼붓는다. 그럴 만도 하다, 고 나는 생각한다. 책은 무례하니까. 책은 사랑을 앗아 가며 어디론가 사람을 치우치게 하니까. 벽만 바라봐서 벽을 약하게 만드니까. 벽에 창문을 뚫고 기어이 바깥을 넘보게 만드니까./ (중략)/ 난쟁이들은 이제 지친 게 아니겠냐고 생각하는 내가 아직 책을 덜 읽었다, 고 에드몽이 말한다."(「책기둥」)라고 말하며 '책아, 이 나쁜 녀석아, 너 때문에 내가 이렇게 됐어'라고 말하는 듯 싶지만 유대계 시인 에드몽 자베스의 이름을 빌려 그래도 아직 읽어야 할 무수한 책기둥이 남아 있다는 목소리로 저 무한한 도서관의 세계에 기어이 자신을 남긴다. 어찌되었든 이 막막한 벽에 창문을 내고 바깥을 넘보게 만드는 것 또한 책이기에, 책을 읽고 이야기를 만들어 내는, '이처럼 쓸데없는' 일을 '이처럼 지치지도 않고' 하는 자신을 한 번 더 세상에 상기시키며 미래의 의지를 불태우고 있는 것이다. 그래도 나는 "맨 아래에 깔린 책을 읽으면 그 위에 쌓인 모든 책을 다 읽은 거나 다름없다."(「책기둥」)고 말하는 문보영의 엉뚱함과 명랑함이 여전히 좋다. 당신의 몸과 마음도 거기에 기대어 스르륵, 그렇게 풀렸으면 좋겠다. 엄숙과 진지함을 부정하지는 않지만 그것을 사소하고 명랑한 이야기로 돌파하려는 젊은 시인의 탄생을 보는 일이 이처럼 즐겁다.

지은이   문보영

1992년 제주에서 태어났다. 고려대학교 교육학과를 졸업했다.
2016년 중앙신인문학상을 받으며 등단했다. 시집 『책기둥』으로
제36회 김수영 문학상을 수상했다.

책기둥

1판 1쇄 펴냄 2017년 12월 22일
1판 10쇄 펴냄 2022년 11월 21일

지은이 문보영
발행인 박근섭, 박상준
펴낸곳 ㈜민음사

출판등록 1966. 5.19. (제16-490호)
서울특별시 강남구 도산대로1길 62(신사동)
강남출판문화센터 5층 (06027)
대표전화 02-515-2000 / 팩시밀리 02-515-2007
www.minumsa.com

ISBN 978-89-374-0862-5 04810
       978-89-374-0802-1 (세트)

민음의 시
목록